だいわ文庫

孤独と不安のレッスン

JN263655

鴻上尚史

大和書房

はじめに

今、あなたは一人でこの本を読んでいるはずです。

誰かと体を寄せ合って、一緒にこの本を読んでいる人はいないと思います。

この本を読んでいるあなたは、一人で、孤独《こどく》です。

孤独と向き合う自分を感じています。

けれど、孤独には、「本当の孤独」と「ニセモノの孤独」があります。

「本当の孤独」とは、例えば、この本を読み終わった後、一人で、「孤独ってなんだろう？」と考えることのできる孤独です。

この本は、「孤独の価値と素晴《すば》らしさ」を語った本です。その内容を、「本当だろうか？　本当に、孤独は価値があって素晴らしいんだろうか？」と、本を閉じた後、一人で考えられるのが、「本当の孤独」です。

「ニセモノの孤独」は、本を閉じた後、たとえば、すぐに誰かに電話やメールをします。一人であること、孤独であることが、みじめで、淋《さび》しくて、耐《た》えられないと思っている孤独です。孤独は、つらくて、みじめで、カッコわるくて、恥ずかしい、と思い込んでいるのが「ニセモノの孤独」です。

……本当でしょうか？　本当に、孤独はそんなにカッコ悪くて、恥ずかしくて、耐えられないものなんでしょうか？

僕《ぼく》はそうではないと思っています。

どうしてなのか？

それを語ったのが、この本です。

この本を読んでいるあなたは、不安なはずです。

現代に生きていて、不安でない人はいないと思います。

みんな、多かれ少なかれ、不安に苦しめられている。不安で眠れぬ夜を過ごしている。

でも、不安には、「前向きの不安」と「後ろ向きの不安」があるのです。

「前向きの不安」は、あなたに生きるエネルギーをくれます。どんなに眠れない夜が続いても、「前向きの不安」はあなたを未来に導《みちび》きます。「前向きの不安」があるからこそ、明日も生きていこうと思えるのです。

「後ろ向きの不安」は、あなたのエネルギーを奪います。「後ろ向きの不安」は、あなたの人生の活力を奪い、あなたの人生を破壊《はかい》します。「後ろ向きの不安」は、自殺と最も仲の良い不安です。

不安から自由になれる人はいません。どんな人も、不安にとらわれています。死ぬまで、不安と一緒です。

どんなに成功しても、成功した瞬間から、不安に苦しめられます。オリンピックでメダルを取った人も、格闘技でチャンピオンになった人も、芸術的な賞を受けた人も、出世した人も、みんな、幸福な瞬間のすぐ後から、自分の未来を考えて、不安になります。

「選ばれてあることの恍惚《こうこつ》と不安と、二つ我にあり」

とフランスの詩人は語りました。

どんなに幸福な瞬間にも、不安はあなたの心から立ち去りません。まして、やっかいな問題を抱えている時は、ずっとあなたの心に居座《いすわ》り続けます。

だからこそ、不安でも、「前向きの不安」にとらわれましょう。「前向きの不安」は、もちろん、楽しいものではありません。その逆です。けれど、「後ろ向きの不安」よりは、はるかに、耐えられる不安です。なぜなら、あなたは、「前向きの不安」と共に生きることで、人生が広がっていくことを実感するからです。

孤独と不安から、人は一生、逃げられません。

大きななにか、新興宗教の教祖やカリスマ的なリーダーや強引な恋人や厳《きび》しい親に従《したが》うと、ほんの一瞬、孤独と不安から解放《かいほう》されたと感じる時期があるかもしれませんが、それは、本当に短い時間です。どんな偉大な教祖の下でも、やがて、信者は、孤独と不安に苦しめられるようになるのです。

苦しむからこそ、信者は、熱狂的に新しい信者を獲得《かくとく》しようとするし、カリスマ的なリーダーの会社の社員は、がむしゃらに働くし、強力な恋人の意見に必死に従おうとするし、厳しい親の言葉を繰り返すのです。

みんな、孤独と不安に苦しめられるからこそ、自分の不安と孤独を打ち消そうとして、必死なのです。

本当に、宗教で不安と孤独がなくなるのなら、みんな、信者の勧誘や募金活動に必死になることはないのです。神や教祖を信じた瞬間、孤独と不安が消えるのなら、もっと宗教団体はおだやかでゆるやかな活動になっているはずです。

つまりは、どんなものを信じても、受け入れても、人は、一生、孤独と不安から自由にはなれない、ということなのです。

ならば、「本当の孤独」と「前向きの不安」を生きましょう。「ニセモノの孤独」と「後ろ向きの不安」ではなく。

この本は、「本当の孤独」と「前向きの不安」を見つけ、それを楽しみ、共に生きられるようになるための練習帳なのです。

孤独と不安のレッスン もくじ

1 「ニセモノの孤独」を知る

「一人」は「みじめ」？

誰にでも、なりたくないのに一人になってしまう経験はあると思います。話の輪に入れなかったり、話題が自分の頭を飛び越えて進んでいたり、一人で昼食を食べなければいけなくなったり、お酒の席の誘いがまったくなかったり、食事に行く流れからはじき飛ばされていたり、どのグループにも入れなかったり、そんな経験は、誰にでもあるはずです。

そうなりたくないから、私達は一生懸命、会話します。過剰《かじょう》に気をつかって、一人にならないようにします。グループや仲間や友達や派閥《はばつ》を必死で作ろうとします。

でも、結果的に一人になった時に、孤独になったと感じます。

「一緒に昼食を取るような友達もいない孤独」と自分のことを考えます。

あなたは一人になった時、「一人でいること」に関して、さまざまに悩むのです。

「友達がまったくいない人間だと思われないだろうか?」「明日も一人で昼食を取るんだろうか?」「自分の何が悪いのだろうか?」「これはイジメなんだろうか?」「どうすれば一緒に昼食を取ってくれるようになるんだろうか?」「一人で昼食を取るなんて、すごく恥ずかしい」「なんてみじめなんだろう」

一人で食事をしながら、あなたは、いろんなことを考えます。悩みます。そして、不安に苦しめられます。


あなたの心の中は、ものすごく忙しい状態です。いろんなことを考えながら、とても苦しんでいます。

「自分はどうしたらいいんだろう?」「どうしたら、このみじめな状態から脱《ぬ》けだせるんだろう?」「どうしたら、一人じゃなくなるんだろう?」

あなたは、いろんなことを考えます。でも、たったひとつ、疑問に思わないことがあります。

それは、「どうして一人じゃいけないんだろう?」ということです。

「自分の何が悪かったんだろう?」とは考えますが、「どうして、一人じゃいけないんだろう?」とは考えません。

「どうして、一人で昼食を取ったらみじめなんだろう?」「どうして、一人で帰ったら恥ずかしいんだろう?」「どうして、一人でお酒を飲んだらいけないんだろう?」「どうして友達がたくさんいないといけないんだろう?」

もっと大胆な疑問もあります。

「どうして、いろんな人から定期的にメールが来ないと恥ずかしいんだろう?」「どうして携帯電話が一週間、鳴らなかったらおかしいんだろう?」「どうして親友がいないといけないんだろう?」

この疑問にたどりつけば、あなたは、一番大切な問いにやがてたどりつくでしょう。

一番大切な疑問、それは、「自分は何がしたいんだろう?」ということです。

……自分は何がしたいって、だから、一人で昼食を取りたくないのよ。誰かとワイワイ言いながら、昼食を取りたいの。

あなたはそう言うかもしれません。

でも、本当にそうでしょうか？

あなたは、「どうして、一人じゃいけないんだろう？」とは思わず、「一人は無条件で悪いこと、恥ずかしいこと、カッコ悪いこと」だと思ってきたはずです。

ずっとそう思ってきた人は、一人でもかまわないなんて少しも思わないで、ずっと、一緒に昼食を取る相手を求め続けてきたはずです。

毎日、自分が一人にならないように、ずっと相手を探してきました。グループからはじき飛ばされないように、毎日、人間関係に苦しんできました。

とりあえず、面白くもない相手の話に相槌《あいづち》を打ち、虚《むな》しいけれど笑い、したくない会話をして、一人になることを避《さ》けてきたはずです。

それはもちろん、「孤独はみじめだ」と思っているからです。

そして、残念ながら一人になることがあると、「いったい何が悪かったんだろう？」と考えます。「どうして、こんなことになったんだろう？」「一人は、なんてみじめで淋《さび》しいんだろう」

……でも、本当にそうでしょうか？　本当に一人はみじめなんでしょうか？

どうして一人じゃいけないんだろう？

そんなこと言っても、クラスや職場で友達がいなくて、毎日、一人で昼食を食べるようになったら、淋しすぎるじゃないか、とあなたは思ったかもしれません。

毎日、一人になって、誰とも会話しないで、一日が終わるようになったら、本当にみじめだと、あなたは言うでしょう。

誰からもかかってこない携帯電話を持っていることなんて、耐《た》えられない。一週間、メールが誰からも来ない人生なんて、考えられない。

……それでも、やっぱり、僕は聞くのです。

「どうして、一人じゃいけないんだろう？」

一人でいることは、そんなにみじめで恥ずかしいことなんでしょうか？　本当にそうでしょうか？

一人がみじめなんじゃなくて、一人はみじめだと思い込んでいることに、苦しめられているんじゃないかと、僕は思うのです。

このことを説明するために、ちょっと、目を周《まわ》りに向けてみてください。あなたの周りには、あなたより、「一人でいたくない」と激しく思っている人はいませんか？　そして、そういう人は、ただ「一人になりたくない」と強烈に思うからこそ、周りから「うざい」と思われてはいませんか？

その人は、一人になりたくないと激しく思っていて、いつも、一人になることにとても怯《おび》えていて、とにかく仲間になろうとしているはずです。

そして、その思いが強いからこそ、周りから「うざい」と思われているのです。

もともと、「うざい」という言葉には、人間関係を強制してくる相手に対する嫌悪感があると僕は感じます。

それが、教師や上司のような立場が上の人だけではなく、誰よりも一人であることに過剰《かじょう》に怯えて、暑苦しい関係を求めてくる相手にも使う言葉だと感じるのです。

みんな一人になりたくないと思って、人間関係に悩んでいます。

街の占い師さんは、「人間関係で悩んでいますね？」と話しかければ、ほぼ間違いはないと言います。それで違っていたら、「お金か健康問題」だそうです。

この世の中で、人間関係で悩んでいない人はいないのです。

その原因の多くは、「一人はみじめだ」と思っているからだと言ったら、あなたは驚くでしょうか？

「一人はみじめだから、とりあえず、友達を作る。でも、友達になりたいからじゃなくて、一人は嫌《いや》だから友達になる」

そんな動機で始まる人間関係は、問題が起こって当り前なのです。

一人になりたくないから、退屈な会話を我慢《がまん》する。一人になりたくないから、グループを作る。一人はみじめだと思っているから、いつも一緒にいようとする。

そんな人間関係が僕やあなたに与えるものは、苦痛だけです。

「どうして、一人じゃいけないんだろう？」とあなたが言ったら、僕は、「何の問題もありません」と答えます。

「一人でも、何の問題もありません。あなたは『一人であること』に苦しんでいるんじゃないんですから。あなたは、『一人はみじめだ』という思い込みに苦しんでいるんですから」

僕は、そう付け加えます。

「一人であること」は、じつは、苦しみでもなんでもありません。「本当の孤独」を体験した人なら分かりますが、ちゃんと一人でいられれば、その時間は、とても豊かな時間です。

「一人はみじめじゃない」と思うことができれば、一人の時間は、びっくりするぐらい豊かな時間になります。

さまざまな発見を経験する時間になるのです。

けれど、「一人はみじめだ」と思い込んでいれば、あなたはずっと苦しむことになります。みじめですから、恥ずかしくて、カッコ悪いと思い、自分を責《せ》めます。周りの人に笑われているような気がして、つらくてたまらなくなります。

けれど、「一人であること」と「一人はみじめだ」と思い込むこととは、まったく違うのです。

「一人はみじめだ」と苦しみ、いろんなことを思い悩み、心が忙しい状態が、じつは、

「ニセモノの孤独」です。

一日、誰とも会話せず、家に帰り、携帯電話もならず、「一人は哀《かな》しい」と思い込んだ状態は孤独ですが、いつも他人を求めている「ニセモノの孤独」です。

あなたは一人ですが、頭の中では、いつも他の人を求めていて、本当の孤独ではないのです。「一人であること」を否定して、とにかく誰かを求めている「ニセモノの孤独」なのです。

何度でも言います。

「一人であること」が苦しいのではありません。「一人はみじめだ」という思いが苦しいのです。

レッスンのポイント

・「一人が哀しい」と他人を求めているのが「ニセモノの孤独」

・「本当の孤独」は「自分が本当にしたいこと」へ導《みちび》いてくれる

2 「本当の孤独」を知る

「僕はあいつが大嫌い」を発見した旅

では、「本当の孤独」とは何でしょうか?

本当の意味で、「一人でいること」とは、会話する相手が自分しかいなくなることです。

メールやインターネットのチャットで盛り上がっている時は、部屋に一人でも、それは、「本当の孤独」ではありません。あなたは自分の孤独を埋《う》めるために、いろんな会話を他人としているのです。

「本当の孤独」とは、自分とちゃんと対話することなのです。

僕は、10代の時から、よく一人旅に出ました。10代から20代の真ん中までは、日本国内を一人で回りました。やがて、海外、アメリカやヨーロッパに行くようになりました。

一人旅は、じつは、淋しいものです。

経験のある人は分かると思いますが、初めのうちはドキドキしていた旅も、1週間を過ぎる頃から、だんだんと淋しくてたまらなくなります。

誰かと、とことん話したくなるのです。

だんだんと、独《ひと》り言が増えてくるのも、1週間を過ぎた頃です。

日本だと、夜、テレビを見て、孤独をごまかすという方法もあります。けれど、せっかく旅行に出て、家と同じテレビ番組を一人で見るのも、なんだか、つまらないものです。海外の場合は、はっきりしています。よく分からない現地の言葉のテレビをじっと見ても、なかなか孤独はまぎれません。

僕の場合、最初の衝撃《しょうげき》は、沖縄の先の、南の島に行った時のことでした。日本国内でしたが、安い民宿だったので部屋にテレビがありませんでした。

小さな島だったので、目ぼしい観光スポットには行ってしまい、レンタサイクルも借りて、とりあえず、やることはやってしまいました。

結果、毎日、ただのんびりするしかなくなったのです。

毎日、海を見てボーッとしているうちに、突然、「自分はその仕事が嫌《きら》いなんだ」という思いが浮かびました。それは、本当に突然でした。

どうやってその仕事をしようと、なんとなく考えていたのです。

そしたら、突然、「自分は、そもそも、その仕事が大嫌いなんだ」ということに気づいたのです。

そんなこと、まったく意識していませんでした。無意識という領域《りょういき》から、「嫌いだ」という思いが、まるで潜水艦が海面に浮上するように現われました。

自分で自分の思いに驚きました。

続いて、「僕は本当は、あいつが大嫌いなんだ」という思いも浮かびました。やっぱり自分で、自分の発見に驚きました。

ずっと、その人とどうやって仕事をしようかと考えていたのです。

僕は、自分で自分の本心に驚きました。

青い海や白い雲を、ただぼーっと眺《なが》め、持ってきた本をパラパラとめくりながら、なんとなく毎日を過ごしているうちに、突然、「自分は本当はどんな仕事がしたくて、誰が嫌いなのか」が分かったのです。

それは衝撃的《しょうげきてき》な体験でした。

南の島でも、最初の数日間は、本当の意味ではリラックスしてなかったと思います。当面の仕事のことを考えながら、観光スポットを訪ね歩いていました。

本当に心と体がゆるんだ時に、意識の底から浮上したのは、「私にとって仕事とは何か？」という根本的な考えでした。

それは、南の島に来て、8日目のことでした。

リラックスして一人でいること

その時、僕は、「もし、誰かと一緒に来ていたら、こんな発見はなかっただろう」と確信しました。

恋人や友達と二人で来ていたら、毎日、話すことも考えることもあって、お互いの会話に気を取られて、何も思わなかっただろう。

僕は、自分で自分の思いに驚きましたが、やっぱり、無意識に考えていたのだと思います。テレビや友達や恋人という他の刺激がなかったから、なんとなく無意識に、自分のことをずっと考えていたのです。

そして、僕は一人だったからこそ、自分の一番深い部分と対話できたのです。


この時、僕は、「本当の孤独」を体験していました。


幸運だったのは、この南の島の孤独は、みじめな孤独ではなかったということです。

南の島に、一人で来るというのは、そんなに珍しいことではありません。

温泉のある日本旅館だと「自殺志願者か？」と思われるかもしれませんが、南の島にのんびりと一人で来るのは、女性でも、そんなに珍しいことではないでしょう。

結果、「一人はみじめ」と思い込まなかったので、「ニセモノの孤独」に振《ふ》り回されなくてすんだのです。

カップルであふれかえったリゾートホテルのレストランで食事すれば、別な意味で「一人はみじめ」と思うかもしれませんが、沖縄の小さな島なら、安い食堂はそれなりにあります。地元の人も集まるような場所では、気取る必要もないのです。島の食堂で、汗を拭《ふ》き拭き、安くて美味《おい》しい沖縄料理を頬張《ほおば》るのは、本当にリラックスする体験です。

一人で食事していても、一人でお酒を飲んでいても、「一人だから恥ずかしい」とか「一人だからカッコ悪い」と思わなくてすむのです。だからこそ、「一人であること」と直接、向き合えたのです。

レッスンのポイント

・「本当の孤独」とは自分と深い対話をすること

・体と心をゆるめると「本当に自分がしたいこと」が見えてくる

3　恥ずかしくない孤独を体験してみる

一定時間、何もせず、きちんと退屈できる場所へ

本当は、あなたが、自分の住んでいる街で、「一人になってもいいと思える勇気」を持つ方が簡単なのです。

そうすれば、僕のようにわざわざ沖縄のそのもっと向こうの小さな島に行かなくても、「本当の孤独」を体験することができるのです。

一度、「本当の孤独」を体験すると、僕の言っている意味——「一人であること」にあなたは苦しんでいるんじゃなくて、「一人はみじめ」という思い込みに苦しんでいるんだということが、簡単に分かるだろうという確信が僕にはあります。

そして、「本当の孤独」が与えてくれる豊かな価値、発見に驚くだろうという確信もあるのです。

けれど、生活しながら、「本当の孤独」を体験するのは、なかなか難《むずか》しいのです。

だから、まず、「恥ずかしくない孤独を体験してみる」というのが、「本当の孤独」を知る近道のひとつなのです。


「恥ずかしくない孤独」とは、一人でいることが当然の孤独です。

それには、一人旅が最適だと、僕は思っているのです。最低1週間以上の一人旅。

それも、なるべく何もない観光地がいい、という不思議な旅です。

あまりに、旅先にいろんなものがあると、あなたは、自分との対話をしている暇《ひま》がなくなるのです。

ラスベガスに一人で行ったりしたら、たぶん、毎日、大忙しでしょう。人工的なものがたくさんある観光地ではなく、自然に包まれた場所がいいと思います。

「自然」と「あなたの身体」が感応《かんのう》し合って、まず、あなたの体の強張《こわば》りが取れるのです。

自分と深い対話をするためには、まず、深くリラックスすることが必要なのです。

と言って、海外スキーツアーに申し込んで、すべりまくっていたら、やっぱり自分自身と対話する時間はないでしょう。

大好きな推理小説を山ほど持って行っても、幸福な時間にはなるでしょうが、対話の時間にはなりません。

自分が、「本当は何をしたいのか？」「本当は何を考えているのか？」を知るためには、ちゃんと一定の時間、何もせず、退屈し、孤独になることが必要なのです。

このことも、あえて言っておきます。

最近は、海外旅行でも、日本の携帯の番号とメールアドレスがそのまま使えるようになりました。

結果、海外に一人旅に出ても、ひんぱんにメールを送る人が増えました。

パソコンを持っていて、日本と同じ環境でインターネットに書き込む人も増えました。僕の南の島の体験は、まだ、携帯電話が普及する前でした。僕はそれがとても幸運だったと思っています。

「一人は淋《さび》しい」だから「メールしよう」という誘惑《ゆうわく》を断《た》つことも必要なのです。

こんな譬《たと》えだと分かりやすいでしょうか。

いつもメールを送ったり受け取ったりしているのは、「一人は嫌《いや》だ。絶対に一人にはならない。一人は淋しい」という気持ちをずっと持ち続けていることです。

それは、ちょっとでも、お腹がすきそうになったら、すぐに何かを食べる人と同じじゃないでしょうか。そういう人は、一度も、本当の空腹を経験したことがないのです。

ただ時間通りに、出された食事を取る人も、同じような状況です。

そういう人は、本当の空腹を経験してないので、「自分が本当は何が食べたいのか?」が分からなくなるのです。

本当に何が食べたいのかを知るためには、一定時間、ちゃんと空腹になることが必要なのです。意識的に、食事を取らない時間を作らないと、自分が本当に食べたいものは分からないと思います。

ひんぱんにメールをやりとりし、いろんな会話を続けるのは、いろんな食事をすることと同じです。そのたびに、自分はこれが食べたかったような気がしますが、そして満腹になって満足しますが、それは、メールのなんとなくのやりとりで、とりあえず孤独がまぎれることと同じです。

それは、相手のメールに反応しただけで、自分の心と対話して、考えたことではないのです。

毎日、次々と空腹になる前に料理を出されながら、そして出された料理を食べ続けながら、「自分は本当は何が食べたいのか?」を考えることは、不可能だと思います。

できることは、ただ、ひとつひとつの料理に対する感想を、条件反射のように語ることだけです。メールのひんぱんなやりとりは、そういうことです。

「体の思い込み」をほどいていく

どうして、1週間以上の旅がいいのか、ということも書きます。

それは、僕の体験からなのですが(ですから、科学的根拠《こんきょ》はないのですが)、あなたにも経験ありませんか?

2泊3日ぐらいの短い海外旅行に出た場合、なんだか海外旅行をしている実感がなかなか持てなくて、最後まで戸惑《とまど》ったという経験や、帰国の日になって、やっと体がなじんだような感覚を持ったことです。

それは、体が短い旅行の日程についてきてないということなのです。頭は、一瞬で旅行日程を理解します。が、体の理解は遅いのです。体は簡単には変わりません。体が変わらないから、旅行を実感として楽しめないのです。

国内でも、1泊2日なんていう日程だと、とても旅行をしたという実感を持てないまま家に帰ってきたりします。

観光地を、頭で理解しても、体で感じられなかった旅ということです。

特にそれは、ずっと忙しく働き続けた直後の旅行でよく経験します。

体が、まだ仕事モードで緊張しているので、旅行を味わえないのです。

頭は、「こんなに働いたんだから休もう」と思っているのに、体が「次の仕事は何ですか？」と緊張しているのです。

それでも、しばらくその街にいると、よそよそしく感じていた街が、突然、体に入ってくると実感する瞬間があります。

毎日、森の中を歩いていて、それまでなんだか距離を感じていたのに、全身で森を呼吸していると感じる瞬間もあります。

それは、旅の過程で、ようやく体の深い部分が動き、リラックスしたのです。

体は、事態を理解するのに、頭に比べて何倍も時間がかかるのです。僕達はこのことを忘れがちですが、これは間違いのない事実なのです。

もちろん、体の深い部分が動くことが、いつもリラックスすることとは限りません。新しい職場、学校では、頭では理解しているのに、体がなかなかなじめない、ということは普通にあります。

新しい機械の操作方法を、「頭で理解している」のに、失敗ばかりしているのは「体で理解してない」からです。

やはり、「体が理解する」には、最低でも1週間ほどはかかります。

頭は、数時間です。マニュアルを読んで、理解すれば、その機械の操作方法は理解します。ですが、体がまだ納得しないのです（もちろん、体の深い部分が、比較的動きやすい人となかなか動かない人がいます。それは、運動神経とは違うことです）。

僕達は、次々に新しい環境、人間関係、機械、試験にさらされて、体の深い所まで動かし、緊張することを求められています。

だからこそ、一度、体の深い部分をゆるめないと、自分との対話は始まらないのです。体の深い部分で、「一人は恥ずかしい・みじめだ」と感じていたら、あなたは旅先でも、無意識に誰かを探すでしょう。

その体の思い込みを、ほどくことが必要なのです。


と言って、1週間以上の休みなんて取れないと思っている人もいるでしょう。

その場合は、「一日でもいいから、強引に一人になる」のです。


えっ？　1週間って言ったじゃないの、とあなたは思ったかもしれません。

でも、理想のパターンが取れないからといって、あきらめてはいけません。

「100点を目指すのではなく、67点の人生を認めること」

これは、「前向きの不安」に必要なことなのですが（後で詳《くわ》しく書きます）、一日、強引に孤独になるだけでも、「本当の孤独」を経験することが可能なのです。

強引に会社や学校を休んで、海に行くのもいいでしょう。

大切なことは、浜辺でボーッとできることです。

これが、一日、ショッピングモールや映画館にいてしまうと、刺激がたくさんありますから、何も考えられなくなるのです。

一日中、公園にいてもいいし、電車にずっと乗っていてもいいでしょう。

自然と接している方が、体もリラックスして、自分との対話が始まる可能性が高くなります。

海は、一人でボーッとしていても恥ずかしい場所ではありません。なんとなく、考え事をする時には、人は一人で浜辺に座《すわ》る、とみんな知っているからでしょうか。

ドラマでは、海を見ながらボーッとするのがいつものパターンですが、それも理由があるのです。

部屋で一人いても、ついテレビをつけたり、本を手に取ったり、インターネットを見たり、となかなか、「本当の孤独」にはたどりつけません。

自然と接していると、あなたの体の深い部分がゆるみ、対話しやすくなるのです。

カツラを取ると決めた人の場合

僕の知り合いで、1週間、南の島に一人で行って、カツラを取ることを決めた男性がいます。

その人は、普段は、東京でカツラをつけて働いていたのですが、南の島でボーッとしてるうちに、「なんだかバカバカしくなってきた」んだそうです。

決心というよりも、なんだか、バカバカしくなってきたので、東京に戻った後、カツラをつけないで出社したんだそうです。

会社のドアを開けた瞬間、周《まわ》りが緊張するのを感じたそうです。その人は、偉《えら》い人だったので、自分の机にそのまま座《すわ》ると、部下が、しばらく見つめた後、何事もなかったように「部長、この仕事のことなんですけど」と話しかけてきたそうです（笑）。

「どうして、何も言ってくれないんだろう。一言、言ってくれたら、こっちも、『そうなんだよ。前から知ってた？』って軽く聞けるのに」と彼は苦悶《くもん》しました。

会社全体が不自然な雰囲気《ふんいき》のまま、午後になった時、取引先の関西人がやってきて、部長の頭を見た瞬間、「どないしはりました!?　カミングアウトでっか？」と叫んで、一気に職場の雰囲気は和《なご》んだそうです。

「そうなんだよ。その一言を言ってほしかったんだよ」

と、その人は、今さらながらに、関西の「突っ込み文化」に感謝したそうです。

部長さんは、南の島で初めてゆっくり考えることができたのだと思います。

それまでは、ばれてるのかばれてないのか、それだけを考えていたのです。南の島でボーッとすることで、「自分にとってカツラとは何か？」ということを初めて考えられたのです。結論は人それぞれですが、一人でゆっくり考えるということは、とても大切なことです。

それを、誰も「孤独だから恥ずかしい」とは思わないでしょう。人は、定期的に孤独になり、自分と向き合うことが必要なのです。

それは、道徳的な意味ではなく、生活の智恵《ちえ》なのです。

そうすることで、生き方がうんと楽になるのです。

レッスンのポイント

・一人でいることが恥ずかしくないシチュエーションに身を置く

・体の深い部分をゆるめると自分との対話が始まる

4 「本当の孤独」を生きると新しいネットワークが見つかる

「一人」を選べるようになったあなたへの最初のプレゼント

「一人になってもいいと思える勇気」を持った方がいいのは、「だって、わずらわしいんだもん」というだけのことです。

あなたが孤独に苦しむのは、一人だからではなく、「一人はみじめだ」と思うからです。

断言しますが、「一人はみじめだ」というのは、単なる思い込みです。

それは、「毎日、三食食べないと死んでしまう」ということと同じぐらいの思い込みです。

話はそれますが、僕は20年以上吸っていたタバコをやめました。何度か禁煙には失敗していましたが、最終的には、『禁煙セラピー』（アレン・カー著／阪本章子訳）という本で、あっという間に禁煙できました。

それは、じつに単純な内容の本でした。

「ニコチンが切れるとみんなイライラし始める。夜中、タバコがなくなると、みんな、もうどうしていいか分からなくなる。それはニコチンの禁断《きんだん》症状が強いからだと言われている。でも、寝ていてニコチンが切れたからといって目が醒《さ》めた人はいない。でも、コカインやLSDは、禁断症状で目が醒める。つまり、ニコチンの禁断症状は、じつは、とっても弱いものなんだ。ニコチンが切れても、目が醒めないんだから。じゃあ、何故、夜中にタバコが切れると絶望的な気持ちになるのか？　それは、ニコチンの禁断症状は強いもんだという思い込みがあっただけなんだ。思い込みだから、それをやめれば、すむだけの話なんだ」

というアホみたいな簡単なセラピーでした。

そして、僕は簡単にその思い込みをはずすことができて、禁煙できたのです。

あなたは「一人はみじめだ」という思い込みをやめることで、孤独の恐怖から解放《かいほう》されます。

「一人でいてもいい」と思うだけで、あなたは、「ニセモノの孤独」に苦しむことから解放されるのです。

そして、あなたは、うっとうしい人間関係から解放されるのです。

イジメのひとつの典型が「クラス全員から無視されること」です。

そのことに恐怖する女子中・高校生に、「無視されてもいいじゃないか。無理にグループに入ろうなんて思わなくていい」と告げることは、過酷《かこく》なことなんでしょうか。

イジメが暴力的な行為を伴っていない限り、僕は「無視されても平気だ」と思えるのなら、無理して友達のフリをするよりも、何倍も素敵だと思います。

近所のうっとうしいグループに入ることも、職場の退屈な友達の輪に入ることも、そんな気がないのなら、やめればいいのです。

「一人でいてもいい」とあなたが思えばすむことです（あえて書きますが、職場やクラスで一人だけど、携帯やチャットで気を紛《まぎ》らわせていたら、「ニセモノの孤独」のままです。職場の人間関係から逃げて、誰か一人をべったりと求めるのなら、それも、「ニセモノの孤独」のままです。それは、あるグループから別のグループに移っただけです。大切なことは、どんな時も「一人になってもかまわない」と心の底から思うことです。職場のグループではない別のグループでも、一人になることに怯《おび》えない、ということです）。

「一人は少しも悪くない。恥ずかしくない。みじめじゃない。一人になりたいと思って、一人になることは、とても快適なことだ」

とあなたは、胸を張って、自分自身に言えばいいのです。

そう宣言することで、まず、あなたは今まで経験しなかった〝心の安定〟を感じるはずです。

グループの中でうまくやろうとしていた必死の努力を、もうしなくていいと思った瞬間、あなたは解放されたような気持ちになるでしょう。

晴れ晴れとした、楽な、のびのびとした気持ちになるのです。

それが、まず、「一人でいてもいい」と決心したあなたへ、あなた自身があげるプレゼントです。

あなたは一人でいる時に成長する

「じゃあ、一生、一人のままなの？」とあなたは心配していますか？

まず、あなたは一人になります。無理してつきあっていたグループにも参加しなくなるし、退屈なのに無理に笑っていた会話にもつきあわなくなります。

一人になって、あなたは「本当の孤独」と向き合います。「一人はみじめだ」と思わない孤独です。とりあえず、誰かで気を紛《まぎ》らわさない孤独です。

そして、あなたは自分との対話を始めます。他に考えることがないから、とも言えます。

自然と、自分自身のことを考えるようになるのです。無理はしなくてかまいません。「さあ、考えるぞう」なんて決心しなくても、ゆっくりと、自然に考えるようになります。

「自分は本当は何がしたいのか？」「本当はあの人達をどう思っていたのか？」「本当

は自分はどう見られたいのか？」

散歩なんかしながら、料理を作りながら、青空と白い雲を見ながら、なんとなく考えます。そして、あなたの深い部分と本音の対話をすることで、あなたは成長します。

人間は、一人でいる時に成長するのです。

素敵なことを人から聞いても、役に立つことを本で読んでも、一人でそれをかみしめる時間がないと、自分のものにはなりません。

あなたにも経験があると思います。ただ、人から聞いたことを、右から左に言おうとして、まったく自分が理解してないことに気づいた瞬間や、本で読んだ内容を、そのまま、人に言おうとして、まったく覚えてなかったことに気づいた瞬間を。

それは、一人でかみしめる時間を持たなかった結果です。かみしめて、自分の言葉、自分の考えにする時間がなかった結果です。

人に何か言われて、それがどんな意味なんだろう、どうしてそんなことを言ったんだろうと、一人で考えれば考えるほど、あなたは成長します。

逆に言えば、自分一人で考える時間がなければ、あなたはどんなに立派な話を聞いても、どんなに役立つ本を読んでも、その考えやアイデアは、あなたのものになりません。取ってつけたようで、人は、それがあなたの本当の知識じゃないことを見抜きます。

あなたは、どんなに立派な話を聞いても、成長しないのです。

30人に一人の「本当の味方」に出会うために

うっとうしいつきあいをやめ、「本当の孤独」に出会ったあなたは、自分との対話を始め、そして、成長します。

そして、成長した結果、あなたは、新しいネットワークを発見するのです。

このことも、僕は断言します。

あるグループにいて、そのグループは、他の人の悪口と噂話《うわさばなし》しかせず、けれど、そのグループしかないとあなたは思っていても、あなたが、「一人になってもかまわない」と決心して、「本当の孤独」に耐《た》え、成長すれば、今まで気づかなかった新しいネットワークを見つけることができるのです。

本当は、「一人でもいい」と体の深い部分から決心した段階で、あなたは、今まで気づかなかった人を見つけます。

その決心が、すでに成長のひとつだからです。

間違いなく見つけられると、僕は断言します。

「一人は恥ずかしい」と思っている人には、そう思っている人しか見えません。けれど、「一人でもべつに問題ない」と思っている人は、そう思っている人と出会うのです。

そんなバカな、とあなたは言うでしょうか？　いいえ、人は自分の見たいものしか見ないのです。

僕は初めてバイクの免許を取って、バイクにまたがった日の驚きを忘れません。

バイクがマンションに届けられ、バイクのハンドルを握った瞬間、自分のマンションの周《まわ》りには、なんと道路標識《ひょうしき》が多いのかということに気づいて愕然《がくぜん》としたのです。

いつも歩いていた道は、一方通行の出口で、じつはバイクが入れない道でした。その手前の道は時間制限でバイクが進入できる時間が決まっていました。制限速度も、バイクにまたがって、初めて気づきました。

今まで、何年もその道を通っていたのに、道路標識も間違いなく見ていたはずなのに、まったく意識しなかったのです。

バイクにまたがって、道路標識を見なければいけないという段階になって、初めて、意識したのです。

それまで、道路標識はそこにあっても、僕の意識の中ではなかったのです。見る必要がなかったからです。

人間は、見たいものしか見ないのです。


人間のネットワークも同じです。

あなたは、今のあなたが必要な人を見ているだけなのです。

どこかで、必ず、あなたは、あなたが知り合えてよかったと思える人と出会います。

あなたが、「本当の孤独」の中で、成長すればするほど、その確率は高くなります。

成長すればするほど、出会う相手は素敵になります。

無理して笑う必要も、退屈な話に相槌《あいづち》を打ち続ける必要も、人の悪口に同調する必要も、発言が悪意に取られないかと心配する必要も、ない相手です。

あなたのクラス35人が全員、あなたを無視しても、隣のクラスか別の学年に一人は、あなたの「本当の孤独」を理解する人がいるはずです。その人は、先に、「本当の孤独」を味わっている人です。

あなたの職場が、3人しかいなくて、3人全員があなたを毛嫌《けぎら》いしていたとしても、取引先か別の階の会社の人か宅配便の人か、一人はあなたの闘いを理解してくれる人がいるはずです。

あなたの近所の主婦が全員、あなたを嫌っていると思っても、どこかできっと、意外に近所の素敵《すてき》な主婦と出会うのです。

僕の個人的経験だと、あなたの周りに30人いれば、一人はあなたの「本当の孤独」との闘いを支援してくれる人が現われます。

29人の人に無視され、嫌われたとしても、あきらめることはないのです。

自分が成長したら、今まで気づかなかったネットワークが自然と見えてくる、というのは、人間関係以外でもよくあります。

あなたが、あるミュージシャンを好きで、どんどんのめり込んでいけば、自然と同じミュージシャンが好きな人達と知り合うようになるのです。

あるスポーツや楽器がうまくなれば、やがて、そのスポーツや楽器の得意な人と出会うようになります。

あなたが出会う人は、あなたの水準と対応します。あなたがアマチュアレベルなら、出会う人は同じアマチュアレベルです。プロ級になっていけば、出会う人達はプロ級になるのです。

腕がプロ級なのに、アマチュアレベルの人としか出会わないなんてことは、絶対にありません。

これは、間違いのない法則です。

ですから、あなたが「ニセモノの孤独」に苦しんでいれば、出会う人は、「ニセモノの孤独」に苦しんでいる人です。

あなたが、「本当の孤独」に生きていれば、出会う人は、同じく「本当の孤独」を生きている人なのです。

レッスンのポイント

・「本当の孤独」を生きる人はつきあう人のレベルが変わる

5　自分との対話の仕方を知る

真面目《まじめ》で優秀な人ほど自分を失くしやすい

たとえば、あなたが有能なセールスマンであればあるほど、あなたは自分との対話が苦手《にがて》です。

有能なセールスマンとは、「他人の欲望に敏感《びんかん》な人」のことです。

「この人は何を求めているのか？」「何が言いたいのか？」ということをずっと考えているセールスマンが、一番、有能なセールスマンです。

相手の欲望に敏感で、すぐに、相手の希望通りの商品を用意したり、相手の納得するセールストークができるセールスマンです。

ですが、相手の欲望だけをいつも考えていると、だんだん、「自分は本当は何がしたいのか？」ということが分からなくなってきます。

有能なサラリーマンであり続けるためには、自分の欲望はじゃまなのです。

相手が、ある商品を求めた時、「ああ、お客さん、これ、あんまりよくないです。僕はこの商品、嫌《きら》いです」などと言っているようでは、有能な社員にはなれないのです。

有能なサラリーマンは、常に、自分ではなく、相手が何を求めているのか、相手が何を言いたいのか、ということを考え続けるのです。

そして、相手の欲望を満たすことに満足するようになるのです。世間的にも、そうすることで認められ、ほめられ、出世するのです。


あなたが真面目な子供であればあるほど、「親が何を思っているのか？」ということに敏感になります。「親を不幸にしたくない」「親の機嫌《きげん》を損《そこ》ねたくない」「親に怒られたくない」ということをずっと考えるようになります。

そして、あなたは「自分は何をしたいのか？」ということを忘れていくのです。

あなたが有能な主婦であればあるほど、あなたは、夫と子供の要求と気持ちに敏感になります。

そして、自分の気持ちと要求に鈍感《どんかん》になっていくのです。

いえ、気づかないように自分を訓練するのです。そして、「自分は本当は何がしたいのか？」ということが分からなくなってくるのです。


あなたが恋人の気持ちに敏感であればあるほど、あなたは恋人にとって理想的な相手となります。いつも恋人のことを考えることを、あなたは「愛の深さ」だと思いますが、それは、ただ、恋人の気持ちに敏感なだけかもしれません。

恋人の気持ちに敏感なあまり、自分自身の気持ちを無視するようになるのです。いえ、相手が喜んで、初めて自分も楽しいと感じられるようになるのです。

あなたはそれを、「愛の深さ」だと考えますが、ただ自分がなくなっただけかもしれないのです。


自分のことを考えられなくなった有能なサラリーマンは、体の奥底まで有能なサラリーマンです。

真面目な子供も、有能な主婦も理想の恋人も、優秀であればあるほど、体の奥底から、そのものになります。

そうなると、1週間ぐらい一人旅に出たぐらいでは、体の奥底からほぐれることはないのです。

3カ月以上、その環境から遮断《しゃだん》されれば、その奥底はほぐれ、自分が何者か、感じられるようになります。自分は本当は何がしたかったか、分かるようになるのです。

体の重心を下げてみる

僕は、39歳の時、1年間、イギリスに留学しました。文化庁の在外研修員という資格でしたから、仕事は一切、してはいけないという規則でした。

日本を離れて、3カ月ほどたった頃から、ぽつぽつと、「自分はどんな芝居を作りたいのか？」ということが自然に浮かぶようになりました。

朝の9時から夜の6時まで演劇学校に通うという忙しい生活でしたが、一切の仕事をしなくなったので、逆に仕事のことを無意識に考えるようになったのです。

自分はどうしてあの作品を作ったのか、どういう演劇を見たいと思ったのか、考える前から、ぽこぽこと浮かんできました。それはまるで、小さなあぶくが意識の底から次々と浮かんでくるような感覚でした。

南の島では、生活自体を抑《おさ》える結果、自分が本当に思っていることが浮かびましたが、イギリスでは、生活をしながら仕事を一切やめたので、仕事に関して思っている本当のことがたくさん浮かんだのです。

なるほど、仕事を強引に中断すると、こんな効果があるのかと、僕は驚きました。

この時、ロンドンで作家の井上ひさしさんと食事をしました。井上さんが、休暇をかねてヨーロッパ旅行に来ていたのです。井上さんは、「人は、40歳前後で、一度、仕事から離れてみるのがいいんですよ」と柔和《にゅうわ》な顔でおっしゃいました。井上さんも、40歳前後で、1年間、海外生活を送ったことがあるそうです。

知り合いの作家や演出家さんの何人かに聞いてみると、たしかに、40歳前後で、強引に環境を変えた人が多くいました。

といって、それは、とても幸福な場合です。

1週間も無理なのに、まして、3カ月以上、1年間なんて時間がとれるはずがない、と多くの人は思うでしょう。

（本当は、交通事故にあったと思えば、1カ月ぐらいは、なんとかなるもんだと僕は思っています。が、これはまた、別な話）

1日だって大変なんだから、もう、「本当の孤独」と向き合うことは不可能なのかと哀しくなるかもしれません。


ですが、そうではありません。

「100点を目指すのではなく、24点の人生を認めること」が大切なのです。

1年が100点で1週間が67点。1日が52点なら、1時間は24点でしょうか。

でも、1時間、「一人でもかまわない」と思い、自分が本当は何がしたいのかと考えることは、とても大切なことです。

1時間でも、体の奥底がほぐれていれば、簡単に、自分と深い対話ができるのです。

そのためには、普段から、体の深い部分で、「一人でもいい」と思い、リラックスする必要があります。

僕達は、弱い存在ですから、決心しても、ふと、「一人はみじめだなあ」と思ってしまう瞬間があります。

その時は、まず、「体の重心を下げよう」と思ってください。

とても簡単なことですが、とても重要なことです。

人間は、焦《あせ》り、緊張すると、どんどん体の重心が上がっていきます。

声もうわずって、まず頭から動くようになります。

焦っている人の動き方を見てください。みんな、頭から進んでいきます。アタフタしている人はみんな、頭から先に動くのです。

頭がのぼせた状態とも言えます。

反対に落ちついた人は、どっしりと腰の辺《あた》りで動いている感じがします。正確には、「丹田《たんでん》」と呼ばれる、あなたのおヘソから握《にぎ》り拳《こぶし》ひとつ下の部分から動いている感じです。

焦った人は、頭や胸を突き出して動きます。腰が後ろに引けているのです。落ち着いた人は、丹田からです。

で、意識して、自分の体の中心をどんどん下げて、丹田の部分に集中してみるのです。

息を深く吸って、おへその下、丹田辺りに入れると意識してください。意識するだけでかまいません。

数秒で吸って、ゆっくりと10秒以上かけて、吐き出してください。

吸えば吸うほど、空気はお腹の下の部分に入っていくとイメージしてください。

不思議なことに、それだけで、気持ちが落ち着きます。声も意識して、低く出してみるのです。これで、ぐっと落ち着き、体はリラックスします。

一人で昼食を取っていて、ふと、「みじめだなあ」と思ってしまったら、そのまま、自分の体の重心を下げようと意識してみてください。深い呼吸をするのです。

家で一人、あんまり一人が淋しいからと、携帯を手に取りそうになったら、ぐっと体の重心を下に下げてみてください。

あなたは、それだけで落ち着き、「誰でもいいから携帯メールしようかな」という「ニセモノの孤独」の誘惑《ゆうわく》を乗り越えることができるのです。

そして、重心を低くしたまま、息を数秒で吸って、10秒以上かけてゆっくり吐きながら、自分がいったい何をしたいのか、考えてみてください。仕事のことではなく、親のことでもなく、そして子供のことでもなく、自分はいったい何をしたいのか、考えるのです。

レッスンのポイント
・「他人の欲望」に敏感になりすぎると「自分の欲望」を見失いやすくなる
・深い呼吸で体の重心を下げて、「ニセモノの孤独」の誘惑を乗り越える

6　それでも「一人はみじめ」と思ってしまう理由

「友達１００人至上主義」の果て

わずらわしい人間関係から自由になりたいから、「一人になってもかまわない」と思うことが必要なのです。

けれど、つい、「一人はみじめ」と思ってしまいがちです。

「一人は淋しい」とも思ってしまいます。

どうしてでしょう？

「……どうしてって、一人は淋しいでしょう」とあなたは言うでしょうか？

ここまで来たら、すぐにはそう思わなくなってきたはずです。

一人で、ゆっくりと、自然の中で、いろんなことを考えるのも楽しそうだなと、だんだんとあなたは思ってきたはずです。

けれど、やっぱり、「一人は淋しい」と思ってしまいがちです。

どうしてでしょう？

僕は、子供の頃に歌った、あの歌がけっこう大きな原因になっていると思っています。

「1年生になった〜ら〜、友達100人できるかな」です。

声を大にして言いますが、友達は100人できません。それはムチャです（笑）。大人でも、100人友達がいる人なんていません。100人のうち、多くは友達ではなくて知人です。本当に100人の友達を作ろうとしたら、人間関係に忙殺《ぼうさつ》されます。まして、充分な交通費も飲食代も用意できない小学1年生に100人の友達を作ることは、断言しますが、不可能です。

まったくムチャなのに、幼い子供達は大きな声で歌っています。歌って、刷《す》り込《こ》まれるのです。

この歌の一番の問題は「友達が多いことは無条件でよいこと。友達が一人もいないことは、無条件で悪いこと」という価値観をわずか5、6歳の子供に刷り込んでいることです。

友達の大切さと難《むずか》しさを歌うのならともかく、ただ、「友達100人」を歌い上げるのは、あまりにも脳天気《のうてんき》で罪深《つみぶか》いことです。

そして、大人達は、1年生に向かって、何の疑問もなく、「友達できた?」と聞きます。その質問の繰り返しが、子供達に、「友達ができないことは、間違ったこと」という価値観を刷り込むのです。

結果、学校でも家庭でも、「友達の多いことはいいこと」「友達のいない人は淋しくてみじめで問題のある人」という価値観が、なんの問題もなく流通していくのです。

イジメのひとつの原因が、この「友達100人絶対至上主義」だと言うのは間違いでしょうか?

仲間外れにされることを過剰に怯《おび》えるのは、「友達のいない人は問題のある人」という価値観がまんえんしているからだと、僕は思います。

「友達ができればラッキーだけど、あわない人と無理に友達にならなくてもいい。一人でいてもそれは普通のこと」という価値観がしっかりあれば、イジメのエネルギーは、ずいぶん減るんじゃないかと思うのです。

けれど、学校や家庭だけではなく、会社でもどこでも、「友達の多い人は素敵な人」「友達のいない人は問題のある人」という価値観が染《し》み込んでいます。

僕は以前、ファミレスで女子高生が二人、お互いのプリクラ手帳を交換している現場を目撃しました。何百枚になるのでしょう。それぞれのページにびっしりと、プリクラが貼《は》ってありました。

交換して話している女子高生の顔が、まったく楽しそうではなく、それどころか、無表情に近かったので、僕はぞっとしました。

自分が誰かと撮《と》った写真を、友達に話すことは楽しいはずです。でも、話題は弾《はず》んでいませんでした。ただ、黙って、淡々《たんたん》とプリクラを見せあっていました。

きっと、そんなに話すことはないんだろうと僕は思いました。

この時、「友達100人できるかな」の歌が、僕の頭に流れたのです。プリクラに写《うつ》っている人数を数えれば、ひょっとすると100人どころか500人以上になるかもしれません。でも、それは、「ただ一緒にプリクラに写った人」ということだけです。

話すことがない人の写真を集めるのは、ただただ、「友達が多い人は魅力的な人」という思い込みがあるからだけだと思います。

でも、本当は友達でも知人でもなく、ただ、「一緒に写真に写った人」なのです。

でも、歌だけで、この国に「友達が多いことは無条件でいいこと」という思い込みが広がったと考えるのは、もちろん、無理があります。

そこには、きっと理由があるのです。

僕は、こんなふうに考えています。

「みんな言ってるよ」に傷つく僕達

一定期間、アメリカやヨーロッパに留学したり、住んだりしていて日本に帰ってきた人で、日本人のことをさんざん悪く言う人がいます。

そういう人の意見は、だいたい決まっています。

「日本人は本当に世間体《せけんてい》ばかり気にするんだよねえ。それに比べて、向こうは個人主義で自分がしっかりしているからいいよねえ」というものです。

そういう人は、具体的に、こんなことも言います。

「日本人が、何人かで食事に行く時に、『ね、何、食べようか?』って聞いて、みんなが『ラーメン』『ラーメン』って続くと、自分がカレーを食べたいと思っていても、『あたしもラーメン』って言うのよね。本当に、日本人には、自分がないんだから。アメリカだと(ヨーロッパでも)自分がカレーを食べたい時は、周りがどんなにラーメンって言っても、『カレーが食べたい』ってはっきりと言うんだよね。自分がちゃんとあるんだよ。個人が確立してるのよね」

たしかに、耳の痛い話かもしれません。

僕達は、なかなか、集団の中で、嫌《いや》と言えません。自分が、カレーを食べたいと思っていても、みんなが、ラーメンで盛り上がったら、一人だけ「じゃあ、私はカレー食べてくるから。あとで会おう」とは言えないのです。

どうしてでしょう?

日本人が弱いからでしょうか?

僕はそうは思えません。

理由を言う前に、ちょっと別な話をします。

人から言われて、嫌な感じのする会話のひとつに、

「あんた、最近、評判悪いよ」

と言われて、思わず、むっとして、

「誰がそんなこと言ってるの？」

と聞き返せば、相手は、

「みんな、言ってるよ」

と答えるというものがあります。

「みんな、言ってるよ」

頭で考えれば、みんな言っているはずはないのです。

みんなとは全員のことです。クラスでこの会話があったとしたら、クラス全員35人があなたの悪口を言っていることになります。

そんなことはまずありません。多くの人が言っていても、「みんな」では絶対にないはずです。

職場で「みんな、言ってるよ」と言われても、同僚《どうりょう》全員でないことははっきりしています。同僚が一致団結して、あなたの悪口を言うなんてことはありえません。だって、無関心な人だっているはずです。

もし、一致団結して悪口を言っているとしたら、もっと早い時期に、会社として大問題になっているはずです。

あなたに、そんなに簡単に「みんな、言ってるよ」と軽く言うような事態ではないはずです。

ですから、「最近、評判悪いよ」と言われてムッとして、「みんな、言ってるよ」とダメ押しされても、みんなであるはずがないと、頭では分かるのです。

興奮していれば、「本当か？　本当にみんなななのか？　一人一人、今から聞いていくぞ！」と叫んでしまうぐらい、信用できない言葉なのです。

なのに、なのに僕達は、「みんな、言ってるよ」と言われると、なんだか嫌な気持ちになってダメージを受けるのです。

そんなこと、ありえないと思いながら、それでも、「みんな、言ってるよ」という言葉に傷つくのです。

じつは、この言葉に傷つくのは、とても日本的な現象だと僕は思っています。

人肉を食べることを決める時

もうひとつ別な話をします。これで最後です。

1972年10月に、ある飛行機がマイナス40度のアンデス山中に不時着しました。乗客達は、食べるものがなくなり、先に死んだ乗客の死体を食べて、17人が生き延びたという事件がありました。当時、世界的な話題になった遭難事件です。

食べ物がなくなり、乗客であるウルグアイ人達は、死ぬか死体を食べるかの選択を迫《せま》られたのです。

その時、乗客達は、一人一人、神と対話しました。

全体でももちろん、議論はしましたが、最終的に食べるかどうかは、一人一人、それぞれに神と対話したのです。

仲間と話す時も神の譬《たと》えを出しました。食べることに積極的だった人は、「神の思《おぼ》し召《め》し」という言い方をしたそうです。

「これは、聖餐《せいさん》だ。キリストは我々を求道的《きゅうどう》生活へと導《みちび》くために、死んで自分の体を与えた。我々の友人達は、我々の肉体を生かすために、その体を与えてくれたのだ」

そして、一人一人は、神と対話し、人肉を食べることを決断して生き延びました。

第二次大戦後、航空機が砂漠や山奥に不時着して、生き延びるために死体を食べることになった事件は、世界では10件以上あるそうです。

伝わってくる情報では、キリスト教徒は、議論はしますが、最終的には、神との対話によって、一人一人、決めたようです。そのあと、神のことを語ることが増えるのも特徴です。鳥に姿を変えた神の導きで、山を歩いて助かったと語ったという1979年のカナダ人のセスナ事故もありました。

一神教というキリスト教を信じた人達は、みんな、神に対して、「神様、食べていいのでしょうか？　私はどうしたらいいのでしょう？」と個人的に一人で問いかけるのです。

僕は、いつも、もし、日本人が乗った飛行機がこういう状態になったら、日本人はどうするんだろうと考えます。

どうなると思いますか？

たぶん、僕達は、議論をして、話して、なんとなく、全員が納得したようなら、生き延びるために死体を食べるんだと思います。

ひょっとして、誰が最初に実行するかは、日本文化の代表、「じゃんけん」で決めるかもしれません。

つまり、日本人は、個人的に問いかける神を持ってないのです。みんながどう思っているか、みんながどう判断するかが、一番大切なことなのです。

「世間」という名前の神様

では、僕達は神を持ってないのでしょうか？

日本人が、神様に対していい加減だということは、日本人みんなが知っています。

初詣《はつもうで》で神社に行って、結婚式を教会でして、葬式をお寺でする、なんていうことを日本人自身が笑います。日本人は、宗教に対して、じつにいい加減にいろんなものを吸収するのです。

だから、日本人は、神を持たないと言います。

本当でしょうか？

キリスト教徒にとっての神、とはどんなものでしょう。

キリスト教もユダヤ教もイスラム教も、一神教です。つまりひとつの神を信仰するのです。

一神教は、どの宗教でも、神との契約《けいやく》を重んじます。信仰するのはたったひとつの神で、他の神を信じようとしたりすると、激しい神罰が下ります。一度、神を裏切ったら、そこまでです。二度と神は、守ってはくれません。ただひとつの神を信じるからこそ、神は、信じる者を守ってくれるのです。

『モーゼの十戒』では、一番目に、「お前は私以外に神があってはならぬ」と言われるのです。

一神教の神とは、それぐらい厳密で厳《きび》しいものなのです。

日本人は、そういう神を持っていないでしょうか？

僕は、日本にも似ているなあと思うものがあります。

それは、『世間《せけん》』です。

世間体、世間様、なんて呼ばれたりします。難《むずか》しい言い方をすれば、『共同体社会』です。

日本では、神様をいろいろと変えても神様は怒りませんが、世間に逆《さか》らったり、世間を騒がせたり、世間から後ろ指を指されたりすると、とても生きづらくなります。

その代わり、世間に逆らわない限り、世間は僕達を守ってくれます。


もっと昔、江戸時代を調べると、世間はもっと分かりやすくなります。

村落共同体社会、という難しい言い方のものがありました。

簡単に言えば、ひとつの村です。

『村八分』という嫌な言葉を知っていますか?

村の掟《おきて》に逆らった人には、『火事』と『葬式』の時しか村の人は協力しないという意味です。『火事』と『葬式』が二分、残りの八分は無視して、口もきかないということです。

けれど、それにも理由がありました。

農作業は共同作業です。お米を作る時、一番大切な水は、共同作業でないと成立しません。自分だけが、水を独占したら、他のお米は作れなくなります。水路を村に引き、水の流れを作り、安定して水を確保するためには、村はひとつにならないといけなかったのです。

この時の村の掟は、まさに、西洋の神と同じぐらい、強く、怖《こわ》く、圧倒的だったのです。

僕達日本人は、共同体が神だったのです。

村の掟に逆らわない限り、村は僕達を守ってくれました。けれど、一度でも村の掟を破れば、もう二度と村は受け入れてくれなかったのです。

村の掟を守っている限り、生きる道を村は教えてくれます。

黒澤明監督の映画『七人の侍』は見ましたか？ 村人は、一致団結して、村を守ろうとするのです。村で議論して、長老に話を聞いて、村人一人一人に生きる道を教えるのです。


武家社会も、商人の世界も、共同体がしっかりとしていたのは同じです。世間を神として、日本人は生きてきたのです。

武家社会では、脱藩すると、つまり共同体から抜けると、無宿者《むしゅくもの》と呼ばれて、それだけで罪だったのです。村も、年貢《ねんぐ》がきつくて村から逃げ出せば、当然、罪人になったのです。

つまりは、共同体に所属しないことは、神を持たない存在、神を裏切った存在となったのです。

そして、明治時代になって、この村落共同体は、だんだんと壊れていきました。この本は、政治社会の本ではないので、簡単に書きますが、明治政府は国家を強くするために、強すぎる村落共同体を弱くする必要があったのです。神は、世間ではなく天皇だと、設定したのです。

中途半端に壊れた共同体の中で

そして、今、僕達日本人は、壊《こわ》れかけた共同体の社会に生きています。

完全に壊れれば、個人主義の世界になりますが、完全には壊れませんでした。

といって、完全に残っているわけではありません。僕達を強引に縛《しば》る村落共同体はもうありません。でも、完全になくなったわけではないのです。

中途半端《ちゅうとはんぱ》に壊れているのです。

だから、「(あんたの悪口を) みんな、言ってるよ」と言われると、頭ではおかしいと思いながら、それでも半分、ダメージを受けるのです。

完全に壊れていれば、欧米のように「みんな? エブリバディーってことか? 頭おかしいんじゃないか?」となります。

完全に残ってまだ共同体が機能していれば、「みんな、言ってるって!? だめだ、もうだめだ! それは、共同体の決定なのか!」と絶望的な気持ちになります。

でも、そのどちらでもないのです。完全に無力でも、完全に全能でもないのです。

僕達が、「世間」と聞いた時に感じる息苦しさは、この中途半端に壊れたことが原因なのです。


完全に壊れなかったのは、個人主義になるための神を持たなかったからです。天皇は、完全な一神教の神にならなかったのです。

バラバラになった個人を支える強力な神を持たなかったからこそ、共同体は中途半端に残ったのです。

そう思えば、最初の話、「ラーメン」「ラーメン」と続くと、「カレー」と言えない日本人と、堂々と「カレー」と言える欧米人の理由が分かってくると思います。

欧米人、つまり一神教の人達にとって、問題は内なる神なのです。神との対話だけが問題なのです。周りの人がなんと言おうと、神に「カレーを食べていいですか?」と問いかけ、「汝自身《なんじ》であれ」と言われれば、「カレー」と仲間たちに簡単に言えるのです。

けれど、日本人は、世間が神様ですから、「ラーメン」と神様に言われたら、「ラーメン」と答えるしかないのです。

と言って、この神様は、中途半端に壊れた神様なので、完全に服従するということに抵抗があるのです。だから、日本人は、心の中で、「本当はカレーって言いたいんだよなあ」と苦しむのです。

共同体が完璧《かんぺき》なら、「ラーメン」は共同体の決定なので、文句を言う発想がそもそもないのです。

この「中途半端に壊れた共同体」という意識は、日本人の心の隅々《すみずみ》まで行き渡《わた》っています。中学・高校・大学のクラブ活動では、共同体がすべてと思いながら、内心、

「なんかおかしくないか」とみんな思っています。

ただ、中途半端で居続けるのは苦しいので、この苦しみから抜け出そうと決めた人達は、「先輩は絶対」と思い込もうとするか、「ただ年上ってだけで偉そうにすんじゃねーよ、バーカ」という言葉でやめていくのです。

レッスンのポイント

・「友達は多い方がいい」と思い込んでしまう仕組みを知る
・「世間」は中途半端に壊れていることを知る

7　孤独を選ぶメリット

世間よりも一人を選ぶということ

「中途半端《ちゅうとはんぱ》に壊れた共同体」は、「仲良くすることはとてもいいこと」「友達が多いことはそれだけで価値がある」「友達１００人は素晴《すば》らしい」という価値観を広めようとします。

それは、「中途半端に壊れた共同体」を生き延びさせる方が楽だと思っている人が多いからです。

なんでも世間様のせいにしたり、世間に顔向けできないと言ったり、行動の基準を、「世間様に恥ずかしいでしょ」と語る方が、楽で強力なのです。

世間様をなくしてしまうと、ひとつひとつを自分の言葉で語らなければいけなくなります。それは、大変なエネルギーと時間がかかるのです。

欧米人が、「それは神が許さない」と言えばすむことを、ひとつひとつ、自分の言葉で話さなければいけないことと同じです。それは、想像を絶する努力がいるのです。

僕は日本人の心にひろがる「友達がいない人はみじめ」という思い込みは、この中途半端に壊れた共同体が生き延びるために作られたものだと思っています。

そして僕は、中途半端に壊れた共同体を捨てて、「一人でもかまわない」と言おうとしているのです。それは、支えてくれる絶対的な神もないまま、中途半端に壊れた共同体から抜け出そうと言っているということなのです。

理由は単純です。

「中途半端に壊れた共同体」を生きるルールにする方が、「一人で生きようとする」ルールよりダメージが大きいと思っているからです。

簡単に言えば、世間を生きるルールにする方が、苦しみも大きくなると思っているのです。

僕は演劇の演出家と作家を25年ほどやっていて、お客さんからいろんな手紙をもらいます。

切ない手紙もたくさんあります。

「鴻上さん、聞いてください。私の親は、私が10代と20代の時は、男女交際をうるさく言って、誰と電話してるんだとか、休日はどこに行くんだとか、ものすごく厳しくて、私の日記もこっそり見て、私が働き始めて、夜、同僚にタクシーで送ってもらったりした時は、『ご近所の目があるんだから、離れた場所でタクシーをおりなさい。そうしないと、あそこのお嬢さんは、男と酒を飲み歩いているふしだらな娘って言われるでしょう』と、責められました。それが、30代になって、私が日曜なんか家でゴロゴロしていると、『あんた、休みなんだから、どっかに行きなさいよ。どうして、誰も誘ってくれないの?』とか『夜、タクシーで送ってもらったら、家の真ん前に止めて、〈ありがとう〉って大きな声で言うのよ。そうしたら、ご近所さんに、〈ああ、あそこの娘さんは、ちゃんと恋人がいるんだ〉って思われるんだから』とか、言われるようになったんです。言ってることがあんまり違ってるんで、私はもう、腹が立って腹が立って……。鴻上さん、私はどうしたらいいでしょう?」

切ない手紙ですが、なんだかおかしい話でもあります。

僕は、今からでも遅くはないから、家を出たらいいのにと思います。

問題は、僕に手紙をくれた女性は、ずっと「いい子」だったということです。親の気持ちを考え、親の期待に応えようとし、親の言う通りにしてきたのです。

やっと30代になって、そのことに疑問を持ったのです。

遅すぎるということはありません。僕は40代になって、初めて一人暮らしを始めた女性を何人も知っています。

親の問題は、判断の基準が『娘の気持ち』ではなく、『世間』だったということです。世間様から後ろ指を指されることは、とても孤独で、そして不安なので、親はとにかく、そうならないように細心の注意を払ったのです。親もまた、親なりに孤独と不安との戦いを続けていたのです。

問題は、『世間』は、最終責任を取ってくれないことです。世間様から見て文句ない生活をしていても、文句ない娘になっても、だから、幸福になったり相手が見つかったりする保証はありません。

世間は、中途半端に壊れているんですからね。

最終責任を取るのは、当り前のことですが、自分しかないのです。

あなたの悩みは、世界の最先端の悩みです

そんな大変な、とあなたは思ったかもしれません。

でもね、最近、欧米でも、日曜に教会になんか行ったことのない若い人や、「もう無神論《むしんろん》と言っていいと思うよ」とキリスト教にまったく関心のない人達が増えてきました。

結果、彼らは、日本人が60年も昔から取り組んでいる問題、「強力な神がいないいま、この中途半端に壊れた共同体の中でどう生きよう？」ということにやっとぶち当たり始めたのです。

結果、日本人がずっと格闘《かくとう》していた問題が、世界の最先端になったのです。

自分の悩んでいる問題が、世界の最先端だと思えば、悩みがいもあると思えませんか？

もちろん、単純な答えは、たくさんあります。

強力な神をもう一度作る。強力な共同体をもう一度作る。両方ともやっているのが、イラク戦争をしかけたアメリカですね。キリスト教原理主義を掲《かか》げ、強力な国家を目指す。アメリカ国民は、よっぽど不安なんですね。あんまり不安だから、二つないとやっていけないんです。

隣の家の人が、どんな人か分からないまま銃を持っているかもしれない、という環境に生きている人達は、ものすごく不安になるのも当然です。

でも、僕達は、どっちも選ばないで、生きていく道を探そうとしているのです。

さて、この中途半端に壊れた共同体で、「友達が多い人は素敵」と無条件で思われる社会で、「本当の孤独」の可能性を語ってきました。

そろそろ、孤独の隣に住んでいる住人、『不安』の話をする時がきました。

中途半端に壊れた共同体で、強力な神にも頼らず、嫌なグループや最悪の人間とも話さず、「本物の孤独」を楽しみ、人間関係を作り、そして、不安に押しつぶされないためには、どうしたらいいか、という問題です。

レッスンのポイント

・「一人で生きる」ほうが「壊れかけた世間」に頼って生きるより苦しみが少ない

・「強い神」「強い世間」を作って生きても不安はなくならない

8　100点を目指すのではなく、67点の人生を認めること

あなたにとっての本当の「勝ち」「負け」

不安をなくすことは不可能です。

いろんなことを考えてしまうからです。

よく、初舞台の子供が堂々と演じて、「天才子役」なんて言い方をされたりします。が、その子役が、だんだんと舞台を経験していくと、のびのびと演じられなくなります。舞台の怖《こわ》さを知って、普通の俳優になっていくのです。

何も知らなければ、不安に怯《おび》えることもないのです。

けれど、人は成長します。

いろんなことを知っていきます。知ることで、不安になるのです。「天才子役」は、舞台のことを何も知らないから、のびのびと演じられるのです。けれど、それは、一時期のことです。経験を積んでいくことで、怖《こわ》さを知るようになるのです。

そして、不安が生まれるのです。

ですが、不安には、「前向きの不安」と「後ろ向きの不安」の二つがあると書きました。

「後ろ向きの不安」とは、あなたを振《ふ》りまわす不安です。

「前向きの不安」は、あなたにエネルギーを与える不安です。

不安と孤独は、この競争社会の中で、どんどん成長します。

当り前のことを言うなと、あなたは思うでしょうか?

けれど、こんなに競争社会でなければ、不安も孤独も、こんなに成長するはずがないのです。

「一人はみじめ」だと思う気持ちの中には、「競争から取り残されたくない」という焦《あせ》りもあります。

「将来が不安」と感じる気持ちには、「競争社会の負け組になりたくない」という気持ちがあります。

そう思うのは、当然です。誰も進んで負けたくはないでしょう。問題は、何を勝ちとして、何を負けとするかです。

「本当の孤独」を経験して、あなたは、「いったい、自分にとって勝つことと負けることとは何か?」ということを考えるようになるでしょう。


僕は、25歳で「オールナイトニッポン」という深夜放送のDJを始めました。もともと、作家であり演出家ですから、2時間、ラジオの前で話すというのは、大変でした。

一生懸命ギャグを考えて、必死でしゃべりますが、一度スベると、真っ青になって、その回の番組はどんどんつまらなくなりました。

ああ、今日も失敗したと、途方にくれる時期が続きました。

ある時、知り合いの人が、「毎回、成功させようと思わなくていいよ」とアドバイスしてくれました。

僕はびっくりして、

「え!? 失敗してもいいんですか?」

と問い返しました。

「だって、名打者と言われてる長島さんや王さんの終身打率って、3割なんだよ。つまり、3回に1回打つだけで、名バッターと呼ばれて、名球会の殿堂《でんどう》入りするんだよ。3回に1回、ヒットを打つだけでも、大変なことなんだよ。鴻上君は、毎回、成功させようとしてるだろう。10割バッターになろうとしてるんだよ。それだと、体も精神も持たないよ。3回に1回でいいんだよ。それで、歴史に残る名選手なんだから」

このアドバイスは、僕を本当に楽にしました。

ちなみにゴジラ松井も3割です。イチローは、今のところ3割5分。天才バッターです。

3回に1回で名選手なんだ、という思いは、番組をずいぶん楽にしました。結果、うまくいく回が増えました。

ひどく失敗しても、「2回失敗しても大丈夫なんだから、あと1回は失敗できる」

と、楽になりました。

激烈な競争社会のプロ野球で、3回に1回、ヒットを打てば、歴史に残る選手になるのです。

ほとんどの野球選手は、3割に届きません。2割前後の人が多くいます。でも、彼らは名選手でプロなのです。4回に1回しかヒットを打たなくても、誰もその選手を責めることはないのです。

別な言い方だと、

「100点を目指すのではなく、67点の人生を認めること」ということになります。


ここからどれぐらいふんばるかが、人生じゃないかあああ！


若い時は、0か100かを求めがちです。その方が、じつはカッコいいからです。

また俳優の例ですが、若い俳優だと、最初の出番で失敗すると、その日の公演は、もうダメだと諦《あきら》める人がけっこういます。

公演は、毎日、あります。同じ作品を、20ステージとか30ステージとかやります。で、ある日のステージで、最初の方にひどい失敗をすると、もう立ち直れないのです。

僕は演出家ですから、客席の後ろで見ながら、

「ああ、どうして、一回失敗したら、もう全部を投げるんだろう!? ここからどれぐらいふんばるかが、人生じゃないかあああ!」

と頭を抱《かか》えます。

こういう0か100かの俳優は、芝居が終わったあとの飲み会で、「いやあ、今日はダメでした」なんて哀しそうに言う奴が多くて、僕はどうしていいか分からなくなります。

で、次の日は、最初のシーンからうまく行って、100点を出したりするのです。で、飲み会で、「いやあ、今日は最高のステージでした!」なんて、さわやかに言うのです。

人生が、0か100かしかなければ、こんなに簡単なことはないでしょう。

けれど、人生は、26点とか46点とか67点とかで生きていくものなのです。いいえ、生

きていくしかないものなのです。

0は負け組で、100は勝ち組です。それは明快です。では26点は？　46点は？　67点は？

あなたにとって、何点が満足するものですか？

100点以外は全部、同じですか？

100点以外は、すべて負け組ですか？

もし、あなたがそう考えているのなら、あなたはとても苦しい人生を送っていると、僕は思います。

そういう考え方をあなたに刷り込んだのは誰ですか？　厳しい親ですか、厳しい会社ですか、厳しい教師ですか、厳しい自己嫌悪ですか？

テストで85点を取ってきた子供に、「よくやったね」という親と、「あと15点で100点だったのにねえ」という親に育てられた子供とでは、当然、勝ち組の考え方は変わってきます。

あなたは85点をどう思いますか？

レッスンのポイント

・毎回ではなく、３回に１回の勝ちで充分

・人生は０点か１００点かでなく、その間で点数を考える

9 耐えられない不安の時は

不安のレベルを見きわめる

まず言っておきますが、不安にはレベルがあります。

あんまり激しい不安に負けそうで、ここのところ、ずっと夜は眠れてないとか、死ぬことをいつも考えるようになったとか、生きることがまったく楽しくないとか、やる気がまったく起こらないとか感じるようになったら、病院に行く必要があります。

テレビの公共広告では、そういう気持ちが1カ月続いた時が、病院に行く時だと言っています。

それは、例えば、自殺の引き金となる鬱病《うつびょう》かもしれません。

鬱病は、はっきりとした病気です。病気という言い方は、ネガティブな意味ではなく、病院で治療《ちりょう》するもの、ということです。

鬱病は、心の風邪《かぜ》だという言い方をされますが、風邪ではなく骨折だと力説している医者さんもいます。

風邪は、放っておけば多くの場合は治ります。が、骨折は、まず病院に行かないとちゃんとは治らないからです。

病院に行くことは、少しも恥ずかしいことではないのです。

病院に行けば、お医者さんは、通常の病気と同じように、症状を聞き、調べ、薬をくれます。薬を飲むと、ずいぶん、楽になるのです。

不安神経症と呼ばれる場合も、それは、病気です。病気の時は、病院に行くのです。

それは、当り前のことなのです。

自分が不安で不安で、死にそうになって、この本を買った人がいらっしゃいましたら、まず、病院に行ってください。

精神科や心療内科の扉《とびら》を叩いてください。あなたの不安は、薬でずいぶん楽になります。

僕の知り合いのプロデューサーは、会うたびに顔色が悪くなっていました。「どうしたの?」と聞けば、「恥ずかしい話なんだけど、不安で眠れないんだ」と語りました。もちろん、すぐには、こんなことは言いません。一緒にお酒を飲んで、しんみりと話して、やっと告白したのです。

プロデューサーというのは、演劇を企画《きかく》する人です。今は、劇場の都合で、2年先の企画まで考えなければいけなくなっています。2006年に、2008年の演劇を考えて、劇場を予約するのです。

誰に出演をお願いするか、というキャスティングもします。

ちょっと考えると、それは、とても危険なことだと分かります。

2年先の作品の出演依頼をするのです。その俳優さんが、2年間、同じポジションであるという確証はないのです。

女優さんなら、結婚して、妊娠するかもしれません。結婚していても、どんなスキャンダルが起こるか分かりません。主演にお願いしていた男優さんが、詐欺《さぎ》とか隠し子騒動とかとんでもないスキャンダルを起こす可能性もあるのです。

つまりは、人気のあった人が、2年間で急にファンを失うことだってあるのです。なのに、2年先の演劇の内容を決めないといけないのです。

真面目なプロデューサーなら、いえ、真面目であればあるほど、この事態に耐えられなくなるのは、当然だと思います。

不安で死ぬ前に

不安とトラブルとは違います。

トラブルは、問題が具体的なのです。

このプロデューサーの場合だと、例えば、「チケットが売れない」とか「主演の男優と女優の仲が悪い」とかです。

この場合は、もちろん、心が痛みますが、やるべきことははっきりしています。

チケットが売れないのなら、もっと多くの人に知ってもらうためにチラシをたくさん配るとか、テレビのCMスポットを流すとか、とりあえず、やることがあります。

主演の二人の仲が悪くて、作品が空中分解しそうなら、プロデューサーは二人を食事に誘って、いろいろと話を聞くとか、できることはあります。

それで、結果がでなければ、もちろん、苦しいのですが、けれど、トラブルの場合は、とりあえず、やるべきことがあるのです。やることがあれば、まだなんとかなるのです。

けれど、不安には、じつは、やることはありません。

このプロデューサーの例でいえば、2年先にキャスティングした人に、「2年間、スキャンダルを起こさないでくださいね。2年間、今の人気を維持《いじ》して素敵な俳優でいてくださいね」とお願いするなんてことは、無意味だし、失礼です。言われた方も、どうしていいか分からないでしょう。

なので、2年先にキャスティングしたあとは、ただ、じっと、「まずいことは起こらないでくれ」と祈《いの》るしかないのです。

この事態に、真面目なプロデューサーであればあるほど、どうしていいか分からなくなって、不安に押しつぶされるのです。

いい意味でいい加減なプロデューサーなら、「ま、なったらなったで、考えよう」と思えますが、真面目なプロデューサーは、「もし、そうなって作品がなくなったらどうしよう。チケットが売れなくなったらどうしよう」と考えてしまうのです。

作品の規模が大きければ、2億3億というお金が動きます。もちろん、作品が大失敗したら、プロデューサー一人がなんとかできる金額ではありません。

そう思うと、不安で夜、眠れなくなるのは、当然なのです。


そのプロデューサーに、僕は、「病院に行った方がいい」と言いました。彼は、とても嫌そうな顔をしました。自分が病気だということを言われたと思って、ムッとしたようでした。


それからまたしばらくして、またプロデューサーに会いました。顔色はもっと悪くなっていました。まったく眠れなくなって、ウトウトしても、すぐに目が醒《さ》めると言いました。寝言で、何かを大声で叫んでいると、妻から言われたとも語りました。

僕は、もう一度、「心療内科に行った方がいい」と告げました。今は、本当に気軽に行けるんだから、と。

でも、彼はあいまいな返事をしただけでした。

次に会った時、彼はもっと顔色が悪くなっていました。

僕は「今度こそ、行かないと、僕はもう許さないよ」と告げました。僕が許さないというのは、じつは、あんまり意味がないのですが、でも、そうとしか言えなかったのです。しばらくして、プロデューサーに会うと、すっかり顔色が健康的になっていました。

思い切って心療内科に行けば、お医者さんは気軽に話を聞いてくれて、睡眠導入剤（睡眠薬）をくれて、その夜は本当に久し振りにぐっすり眠れたと、彼は言いました。

どうして、もっと早く行かなかったんだろうとまで言いました。心療内科をたずねてみれば、いろんな人が待合室にいて、「ああ、自分だけじゃないんだ」とホッとしたと彼は言いました。

真面目であればあるほど、不安に押しつぶされます。

僕の別の友人は、睡眠導入剤をもう20年近く、毎晩、飲んでいます。

「本当に、この薬に僕は救われたんだ」と彼は言います。

「飲み続けることで、睡眠も夜も怖くなくなったんだ。眠れるから、起きている時にどんなつらいことが起こっても耐えられる、って思えるし」

そう言って、彼は今晩も睡眠導入剤を飲みます。

副作用も習慣性も心配はありません。お医者さんに相談して、ちゃんと処方してもらえれば、なんの問題もないのです。

睡眠導入剤も、心療内科・精神科も、今は、ずいぶん変わりました。気軽に相談に行く場所なのです。

日本の自殺者はここ何年か、3万人をずっと超えています。この数字は、異常です。交通事故の死者数の約4倍。人口の比率で言えば、欧米先進国中、ダントツの1位です。

この自殺のうち、多くが鬱病が原因だと言われています。決心して自殺するのではなく、病気の結果、自殺するのです。

もし、あなたが不安のあまり、死ぬことを考えているようだったら、すぐに近くの心療内科に行ってください。

レッスンのポイント
・トラブルは対処できるが、不安はやるべきことが分からないもの
・病院で治すレベルの不安もある

10 「考えること」と「悩むこと」を区別する

悩むとあっという間に時間が過ぎる

不安とトラブルは違うと書きました。

そもそも、「考えること」と「悩むこと」は違うのです。

僕は22歳で劇団を旗揚《はたあ》げしました。今と違って、学生劇団からプロを目指すなんて、誰もやっていませんでした。当然、旗揚げの時は、不安でした。

早稲田大学演劇研究会という所にいたのですが、先輩が、僕に、「鴻上、劇団、どうするの？」と聞いてきました。

「今、どうしようか考えてるんですよ。旗揚げした方がいいのか、やっていけるのか……」

と答えると、その先輩は、

「考えてないじゃん。悩んでるんだろう」

と言いました。えっ？　という顔をすると、先輩は、

「考えることと悩むことは違うよ。考えるっていうのは、劇団を旗揚げして、やっていけるのかどうか——じゃあ、まず、今の日本の演劇状況を調べてみよう。自分がやりたい芝居と似たような劇団はあるのか、似たような劇団があれば、どれぐらいのお客さんが入っているのか、自分の書く台本は演劇界の中でどれぐらいの水準なのか——そういうことをあれこれ思うのを考えるって言うんだよ。当然、調べたり、人に聞いたりもするよね。悩むってのは、『劇団の旗揚げ、うまくいくかなあ……どうかなあ……どうだろうなあ……』ってウダウダすることだよ。長い時間悩んでも、なんの結論も出ないし、アイデアも進んでないだろ。考える場合は違うよ。長時間考えれば、いろんなアイデアも出るし、意見もたまる。な、悩むことと考えることは違うんだよ」

これもまた、目からウロコのアドバイスでした。

トラブルは考えることができますが、不安は、ただ悩むだけです。悩めば悩むだけ、

不安は大きくなります。

本当は、「悩んでもどうしようもないことは悩まない」と決めるのが一番いいのです。そんなこと言ったって、2年先の俳優さんの状態を心配したプロデューサーのように、つい考えてしまうんだよね、とあなたは言うでしょう。

ようく分かります。

でも、あなたは、地震の心配をして、夜、眠られなくなっていますか？　たぶん、そんな人は少ないと思います。明日、交通事故にあうかもしれないと思って、心配のあまり眠れないことは？　子供がいる人は、子供が誘拐《ゆうかい》されるんじゃないかと心配のあまり眠れないことは？　家に飛行機が落ちてこないかと心配のあまり眠れないことは？

たぶん、あなたはこれらのことは眠れないほどは心配してないはずです。

それは、心配してもしょうがないからです。心配してもしょうがないこと、悩んでもしょうがないことは悩まない、ということを、あなたも知らないうちに実行しているのです。

そう気づけば、いくつかの問題は、悩まなくなるはずです。

でも、もちろん、気づいても、そう思えない問題も依然《いぜん》として残ります。その気持ちもよく分かります。

では、今、あなたが抱えている問題を、あなたは考えていますか、それとも悩んでいますか？　その問題は、トラブルですか、不安そのものですか？

僕が、悩むことと考えることの違いを聞いて、目からウロコが100枚ぐらい落ちたのは、有効な時間の使い方を発見したからです。

悩むとあっという間に時間が過ぎます。そして、何も生まれていません。「どうしようかなあ……」と堂々巡りを続けるだけです。

考える場合は、時間が過ぎたら過ぎただけ、何かが残ります。それが結果的に間違ったことでも、とりあえず、何かやるべきこと・アイデアが生まれるのです。

そして、その何かをしている時、不安は少しおさまるのです。

レッスンのポイント

・「悩む」とただ時間は消えていく。「考える」は時間をかければ何かが残る

11 「根拠がない」から始めよう

「絶対の保証」なんて存在しない

そんなことを言っても、いくら考えても不安なんだと、言う人もいるでしょう。
そういう人は、「自信がないから」とよく言うかもしれません。
でも、自信を最終的に保証してくれる〝根拠〟なんてないのです。

僕は早稲田大学で演劇を教えていたのですが、
「私は卒業したら俳優になりたいんですけど、やっていけるかどうか自信がありません。どうしたら自信がつきますか？」

と、よく質問されました。僕は、

「自信がないとやれないんなら、一生、やれないなあ」

と、返しました。厳しい言い方に聞こえますが、こうとしか答えようがないのです。

根拠のないものに、根拠を求めないと安心できない人は、どんなになっても不安に苦しめられるからです。たとえば、クラスメイトが
「Aちゃん、うまいよ。間違いなくプロの俳優になれるよ」

と言ったとしても、自信がない人は、

「でも、プロの俳優さんはなんて言うんだろう？」

と考えて、自信が持てません。

で、プロの俳優が
「俳優としてやっていけるよ」

とAさんに言ったとしても、Aさんは、

「でも、プロの演出家さんはなんて言うんだろう？」

と考えて自信が持てないだろうと思うのです。

そして、プロの演出家が言っても、

「でも、テレビのプロデューサーはどう言うんだろう？」

と、やっぱり自信が持てないのです。

そして、テレビのプロデューサーが
「大丈夫。プロとしてやっていけるよ」

と言ったとしても、自信のないAさんは、

「この人はこう言ってるけど、他のテレビのプロデューサーはどう思うんだろう？」

とやっぱり、自信を持てないのです。

会う人すべてが、「君はプロとしてやっていける」と太鼓判《たいこばん》を押すなんてことはありえません。誰かは、「だめだろう」と言います。その時、いちいち自信をなくして、不安だと言っていたら、何もできないのです。

もし、奇跡的《きせきてき》に会う人すべてが「プロとしてやっていける」と言ったとして、そして、デビュー作を見事な演技で飾《かざ》れたとしても、

「じゃあ、次の作品は、こんなにうまくいくだろうか？」

という不安がいつもつきまといます。

そして、次の作品の成功を約束してくれる〝絶対の保証〞なんてものはないのです。

やっぱり、僕達は孤独と同じく、一生、不安とつきあっていくしかないのです。

Aさんのように、不安に振り回されれば、それは「後ろ向きの不安」です。

常に不安を感じながらも、「クラスメイトはなんて言うだろう?」「プロの俳優さんはなんて言うだろう?」「プロの演出家さんは?」と、不安をエネルギーにして、ステップを進めることができれば、それは「前向きの不安」なのです。

どんな実績も不安は消せない

でも、スポーツの世界は、根拠ある自信だろうと言われる時があります。

100mを10秒で走れる人は、アスリートの道に進むことをためらったりしないだろう、当然、明確な根拠があって自信を持つだろう、という意味です。

それはもちろんそうですが、100mを10秒で走れる人が、次も10秒で走れるという"絶対の保証"はないのです。それはもちろん、過去に、10秒を切って走ったことがある、という実績《じっせき》があるだけなのです。自信になるでしょうが、次への絶対の保証になるものではありません。

ですから、やっぱり、スポーツの世界でも、どんな成績を出しても、不安とは縁を切れないのです。

そして、不安を消してくれる〝絶対の保証〟は存在しないのです。

ひょっとしたら、「100億円あれば、不安なんてなくなるんだ」と言う人もいるかもしれません。

アスキーの創業者《そうぎょうしゃ》、西和彦《にしかずひこ》氏が、最近のインタビューで、アスキーの社長時代、個人資産が300億円あったと告白して、

「300億円あったら、人はどう思うか、分かる?」

とインタビュアーに逆に質問していました。

西氏は、こう言いました。

「500億にしてやろうって思うんだよ」

300億あっても、終わりではなく、あるからこそ、もっともっと欲しくなるんだということです。

今、西氏は、コンピューター業界から身を引き、教育者として生活しています。

300億円は、不安をなくす力にはならないと、西氏は言いたかったんだと思います。

どんなになっても、自信を裏付けてくれる絶対の根拠なんてないんだと気づくことは、逆に勇気が出ます。

だって、「～なったら始めよう」とか「～って言われたらやろう」と待つことが無意味だと分かるからです。

絶対の根拠を求めて、じっと待つうちに人生が終わりかけるぐらいなら、とにかく始めてみようと思えるのです。

根拠がないから、始めるのです。

レッスンのポイント

・「後ろ向きな不安」はありもしない「絶対の保証」を欲しがる
・「前向きな不安」は自分を進歩させるエネルギーになる

¥12,000-

¥16,000-

31 1400468-9 A SWU 00303 11-93

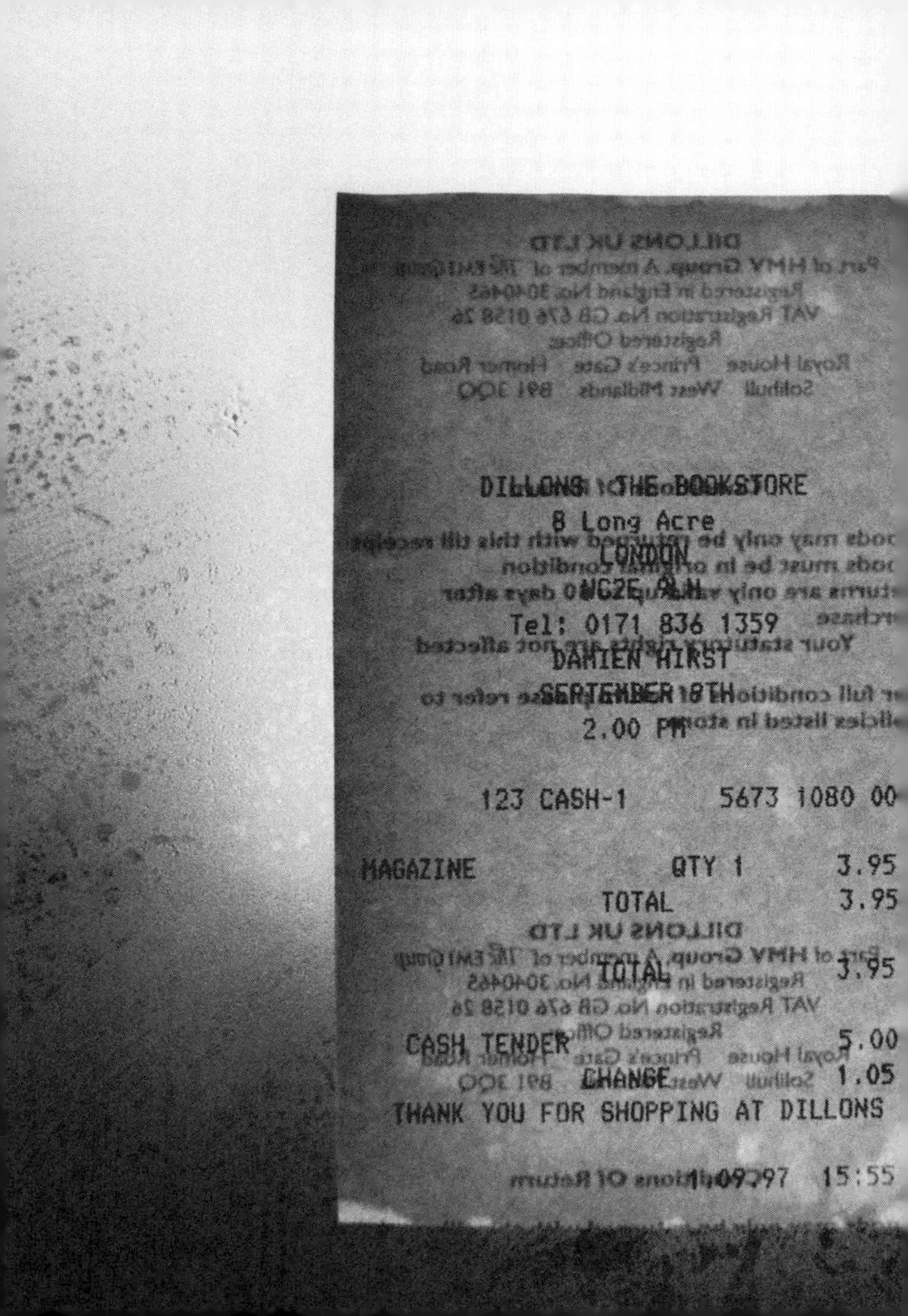

DILLONS THE BOOKSTORE
8 Long Acre
LONDON
WC2E 9LH
Tel: 0171 836 1359
DAMIEN HIRST
SEPTEMBER 8TH
2.00 PM

123 CASH-1 5673 1080 00

MAGAZINE QTY 1 3.95
TOTAL 3.95

TOTAL 3.95

CASH TENDER 5.00
CHANGE 1.05
THANK YOU FOR SHOPPING AT DILLONS

1.09.97 15:55

12 人に傷つく時

自分の想像力が自分を一番傷つける

不安を大きくするのは、あなたの想像力です。

あなたの想像力が豊かであればあるほど、不安は大きくなるのです。

たとえば、あなたは、「山田さんが、あなたの悪口を言ってたよ」と友達から聞かされた時と、山田さんから直接、悪口を言われた時のどちらが、より傷つきますか？

そして、どっちが、立ち直りが早そうですか？

あなたは山田さんに好感を持っていたり、信頼していたと考えてください。

さあ、どちらですか？

そりゃあ、直接言われた方が傷つくと思いがちですが、よく考えると、深く長く傷つくのは、友達から、「山田さんが、あなたの悪口を言ってたよ」と聞く方だと感じるのです。

だって、友達からそう聞いた瞬間から、あなたは、山田さんの口調を想像し、どうしてなんだろうと混乱し、夜も眠れなくなるのです。

あなたの想像力が、妄想《もうそう》を大きく育てるのです。

山田さんは、口汚《くちぎたな》く私を罵《ののし》ったのだろうか、私のことを激しく罵倒《ばとう》したのだろうかと、あれこれ考えます。

考えないようにしようと思っても、あなたの想像力が、あなたを苦しめるのです。その話を聞いたあなたの想像力が話を完璧《かんぺき》にして、あなたを苦しめるのです。

では、直接、山田さんから聞いた場合を想像してみましょう。

あなたの目の前で、山田さんはあなたの悪口を言います。あなたは驚き、激しいショックを受けます。

あなたは呆然《ぼうぜん》とするのでしょうか。それとも、おもわず、「どうして?」と聞くでしょうか。

「どうして？」と聞いて、山田さんが、理由を語り始めれば、あなたは山田さんの言葉にさらに具体的に傷つきます。

「ここが嫌だった」とか「あの時、本当はこう思っていた」とか、「こういう発言が許せない」とか山田さんの言葉を聞きながら、あなたはダメージを受け続けますが、やがて、あらいざらいぶちまけられると、あなたは逃げ場をなくし、だんだんともう笑うしかない状態になるはずです。一言、捨てゼリフのように言われてすぐに山田さんがいなくなると、あなたの想像力がその後を想像して、どんどんとあなたの傷を深くします。

けれど、山田さんが去らないまま、面と向かって悪口を言い続けると、あなたは、落ち込んで落ち込んで落ち込み続けます。そして、何時間も山田さんの話を聞くうちに、だんだんともうどうとでもなれというヤケクソの、なんというか、開き直った気持ちになると思います。

それは、山田さんがどんな風に自分の悪口を言っていたのだろう、いったい何が悪かったのだろう、どうやったら山田さんの気持ちを変えられるのだろうと、毎日、眠れぬ夜を過ごしたダメージとは、違う種類のものです。

面と向かって、長時間、文句を言われるのは、はっきりとした鮮明なダメージです。

徹底的で明確なダメージです。

あれこれ想像しながら、不安に身悶《みもだ》えし、眠れぬ夜を過ごすのは、もっと陰湿《いんしつ》というか暗いダメージです。

こんな譬《たと》えはどうでしょう。

山田さんが、目の前であなたの悪口を言うのは、直接、殴《なぐ》られたり切られたりした外傷《がいしょう》のようなダメージです。

が、「山田さんがあなたの悪口を言ってたよ」と聞くのは、毒《どく》を飲まされたようなダメージです。その毒は、じわりじわりと1日24時間中効《き》き続けて、あなたを深いところで傷つけ、蝕《むしば》むのです。

外傷は、派手なダメージですが、じつは、毒薬に比べて回復は早いのです。時間がたてば、やがて治ります。

ですが、毒は、放っておけば、いつまでも効き続けます。それは、あなたの想像力に終わりがないからです。考えないようにしようと思っても、あなたは山田さんの口調をいろいろと想像してしまいます。

そして、これが一番のダメージなのですが、あなたは、あなた自身が一番グサッとくる言い方を知っているのです。あなたの想像力は、あなたが一番傷つく妄想《もうそう》をあなたに与えるのです。

けれど、目の前の山田さんが、あなたが一番傷つく言い方をすることは、多くないと思います。たぶん、的外《まとはず》れなこともたくさん言います。

優秀なSMの女王様の例を出すのはあんまりでしょうか。優秀な女王様は、Mの男性の恥ずかしいツボを刺激する言葉をたくさん知っています。けれど、素人《しろうと》の（？）女王様は、なかなか、的確《てきかく》な言葉でMの奴隷をいたぶれないのです。一度やってみると分かりますが、（いえ、別に無理にやることはないのですが）相手を刺激し続ける的確な言葉を出し続けるというのは、本当に難しいのです。

とことんだから次へ行ける

なので、目の前に山田さんがいない方が、じつは、あなたの傷はえんえんと続くのです。

山田さんに直接、悪口を言われ、「どうして？」と聞き返したのに、山田さんが、黙って去ったり、「分かるだろう」とだけ捨てセリフを残して去ったりすると、急に、その傷は、外傷から毒薬で受けたものに変わります。

面と向かって、全部、言ってくれた方がどれだけ楽か、どれだけ不安に苦しめられなくてすむか、という僕の考え方を理解してもらえるでしょうか。

恋人や夫婦の喧嘩《けんか》の時も、とことんやる方が、不安は少ないし、回復は早いのです。いくらもめても、片方がずっと黙っていたり、捨てゼリフの形でしか話し合わなかったり、どちらかの親が代わりに発言したりすれば、すべて、中途半端な会話ですから、妄想はどんどん膨《ふく》らみ、不安に押しつぶされそうになります。「後ろ向きの不安」の真っ只中《ただなか》を生きることになるのです。

直接、ぶつからないから、不安は妄想の中でどんどん膨らみます。そして、お互いの孤独も深まります。当人たちの想像力が、当人達をどんどん苦しめるのです。

ですが、罵《のの》り合うのも、とことんやれば、お互いの関係ははっきりします。

特に、まだお互いがお互いの関係をなんとかしようと思っている場合、前向きに考えようとしている場合、喧嘩はとことんやった方が、はるかに有効なのです。

中途半端に短い時間しか言い争わないから、問題は深く、陰湿《いんしつ》になるのです。

一度、文句を言い出したら、最低でも8時間は、言い争いを続けるのです。決して、途中でやめてはいけません。

悪口も、8時間も続けると、だんだん言うことがなくなります。じつは日本語は、英語に比べて、直接の悪口はとても少ないのです。

8時間も、「バカ」とか「頭おかしいんじゃないの」とかだけ言ってると、言う方も聞く方も飽きてきます。で、「おたんこなす」とか「すっとこどっこい」とか「アンポンタン」とか、だんだん、なんのダメージもない言葉を使うしかなくなるのです。で、笑うしかなくなるのです。

お互いが本気でもめている時は、8時間も罵《のの》り合うことは不可能で、だんだんと話し合うようになり、結果、煮詰《につ》まった二人の関係が回復する可能性があるのかないのかが、はっきりしてくるのです。

とことん話し合って、二人の考えていることがまったく違うということがお互い分かり、これはもう別れるしかないと結論したとしても、それはとても前向きで健全なことだと僕は思います。

その時は、胸が張り裂《さ》けるぐらいつらいことですが、問題に区切りをつけられるというのは、じつは希望です。もう同じところでぐだぐだと悩む必要はないのです。陰湿な妄想に苦しめられることもないのです。不安に押しつぶされそうになることもないのです。

関係を終わらせ、次に行ければ、きっと、新たな出会いがあるのです。

そもそも、二人はもう、お互い中途半端なままで、毒薬を飲み続けるという不健康なことをしなくていいのですから。それだけでも、ずいぶん、精神衛生上はいいのです。

苦しみの量を減らすために、直接ぶつかる

経営者として有能だったプロレスラーのジャイアント馬場さんの経営哲学はただひとつ、「他人から聞いた話は、直接本人に確かめるまでは信じない」だったそうです。

僕は、このことを馬場さんのインタビューで知って、感動しました。

巨大な金が動く現場では、あることないこと、心つぶれる言葉が飛び交うのです。

その時、いちいち、誰が何を言ったと信じていたら、不安に簡単に押しつぶされたでしょう。どんなにひどい噂《うわさ》を聞いても、直接、本人の口から聞かないと信じない――簡単にはできないことですが、馬場さんがたどり着いた〝修羅場《しゅらば》の人間関係を生きのびる方法〟だったのでしょう。

直接、本人に問いただすのは、大変なエネルギーが要《い》りますが、けれど、噂を信じて「後ろ向きの不安」に吸い取られるエネルギーに比べれば、はるかにましなんだと馬場さんは感じていたと思います。

恋愛の問題も同じです。

不安に押しつぶされそうになったら、直接、本人に聞いてみるのです。

そんなことができるはずがないと、あなたは思うでしょうか?

僕は、苦しみの量を減らしたいから、直接聞いた方がいいと思っているのです。

直接聞くことは、その時は大変なエネルギーですが、不安で悶々《もんもん》と苦しみ消耗《しょうもう》するよりも、結果的に見れば、はるかに楽なことなのです。

ただし、ちゃんと聞くのです。「後ろ向きの不安」に振り回されながら聞いては意味がないのです。

「じゃあ、メールで必死に聞きます！」なんて決心するのは、面白いですが、意味はないです。

『トーチソング・トリロジー』という名作映画を見たことはありますか？

ゲイの息子と、ゲイを認めない母親との、徹底した戦いがテーマのひとつです（愛の映画ですから、これだけではありませんが）。

議論する時は、ここまで徹底的にするべきだと教えてくれる映画です。

泣いてもかまいません。怒ってもかまいません。ただし、決して途中で話をやめないこと。

あきらめなければ、やがて涙は乾《かわ》き、怒りはおさまって、また話し合いが始められます。

傷つかないように中途半端に聞いていては、残念ながら効果はありません。

心を閉じたまま、「浮気なんかしてたりしてー」と半分笑いながら茶化《ちゃか》して聞けば、人は決して本当のことは言いません。あなたが真剣に聞いてないから、相手も真剣には答えないのです。

相手の目をまっすぐ見て、心を開いて（だから、ものすごく傷つきますが）、茶化すことなく、空笑《からわら》いすることなく（自分の発言の後に意味なく笑う人が増えてきました。自分の言葉の重さを消そうとする努力だと思います。テレビを見ていると、インタビューされた人が、一言ごとに「ははははは」と乾いた空笑いをしていたりします。また、ミーティングの司会者が、何かを決める時に空笑いをしたりします）、叫ぶことなく、穏やかにストレートに、「浮気してるの？」と聞いてください。

もちろん、そう聞いたからと言って、本当のことを言うとは限りませんが、本当のことを言ってくれる可能性は高まります。

「してないよ」と言われたら、あなたがずっと感じている最近の相手の変化を伝えてください。なるべく、泣かず興奮し過ぎずに。でも、堪《た》えきれなかったら、とことんいってください。そうなったら、じっくりと時間をかけること。絶対に、捨てゼリフにして、その場を去らないこと。

結果的にそれで恋が終わることになっても、暗く陰湿な不安からあなたは解放されるのです。

そして、これも断言します。

きっぱりと別れられれば、新しい出会いは、きっとあるのです。

レッスンのポイント

・喧嘩はとことんやる方が回復が早い

・あなたが直接、真剣に問わなければ、相手も真剣に答えない

13 「他人」と「他者」の違いを知る

最も喜びをくれる相手が、最も激しい苦しみをくれる

占い師さんが語る人間の悩みは、「人間関係、お金、健康」だと書きました。これに、「夢」を入れれば、ほぼ相談の全部だそうです。

「本物の孤独」を経験して、あなたは新たなネットワークと出会います。

新たに出会ったその人達と交流できれば、あなたの不安は軽くなるのです。

今までの嫌々《いやいや》のつきあいではなく、本当のつきあい（人間関係）が始まる可能性があるのです。

「他人《たにん》」と「他者《たしゃ》」という二つの人間関係の話です。

二つの言葉は、似ていますが、全然違う意味なのです。

私達は、なるべくなら、プラスの人間関係だけを欲しいと思います。喜びや楽しさや幸福な驚きを与えてくれる人間関係を経験したいと思います。

マイナスの人間関係、孤独や不安や哀しみや怒り、そういうネガティブな感情を与えられる関係は、避けたいと思います。

が、やっかいなことに、最も喜びをくれる相手が、最も激しい苦しみもくれるのです。

大きな喜びと幸福をくれる相手が、激しい孤独と不安をくれるのです。

ちょっと想像すると分かると思います。

あなたが大好きになった人は、あなたに最大の喜びをくれます。それは、恋人でも家族でも友達でも誰でもそうです。

あなたはその人といるだけで幸福です。

だからこそ、その人と別れること、その人と離れること、その人と争うことに激しい哀しみが伴《ともな》うのです。

残念ながら、大きな喜びと幸福は、激しい孤独と不安を生むのです。

この事態を避《さ》けるために、私達が取る一番ポピュラーな手段は、「あまり好きにならないこと」です。

あまり好きにならないと、激しく傷つくこともありません。孤独にのたうち回ったり、不安でいてもたってもいられなくなることもないのです。

それは、とても安定した状態ですが、同時に、あなたも充分知っているように、なんとも淋しく、物足りない状態でもあるのです。

深く愛さない関係を続けている時、あなたの周りは、『他人《たにん》』だけがいる状態です。

あなたと関係のない人間関係、それは、『他人』と呼びます。何を当り前のことを、と思うかもしれませんが、ちょっと待ってください。

喜びと同時に孤独や不安をくれる人間関係は、『他人』ではありません。

プラスとマイナスを同時に持つ存在、つまり、あなたの心の中に深く入り込んだ人間関係は『他者《たしゃ》』と呼びます。

切り捨てられない『他者』とつきあうこと

じつは、人間関係には、『他人』と『他者』という二つの種類があるのです。

『他者』とは、あなたにとって、捨てたいのに捨てられない関係、好きなのに嫌いな関係のことです。

もっとちゃんとした言い方をすると、『他者』とは、「受け入れたいのに受け入れられない関係」であり、同時に「受け入れたくないのに、受け入れなければいけない関係」のことです。

多くの人にとって、身近な『他者』は、無理解な親でしょう（親にとっては、理解不能な子供とも言えます）。

あなたは、あなたの母親（か父親）の文句《もんく》を「受け入れたい」と思っていますが、「受け入れられない」と悩んでいます。

同時に、母親（か父親）の言ってることを、「受け入れたくない」のに、「受け入れなければいけない」と思っているはずです。

言ってしまえば、宙《ちゅう》ぶらりんな状態です。

母親（か父親）の存在を、完全に愛することができるか、完全に憎《にく》むことができたら、事態はとても簡単です。

なのに、あなたは、「愛したいのに愛することができず」、同時に「愛したくないのに愛さないといけない」と悩むのです。

それはつまり、その人を愛しながら憎んでいるのです。愛するからこそ憎み、憎みながら同時に愛するのです。

そんな存在は、私にはいないと思える人がいたら、その人はとても幸福な人かもしれません。幸福だけど、とても物足りない人生だと思います。


僕がイギリスの演劇学校にワークショップのリサーチのために留学した時、「自分の子供時代のことを語る」という授業がありました。

クラスメイト25人ほどの前で、自分の子供時代のことを語るのです。

「語りたいことを語りなさい。言いたくないことは言わなくてもいいです」

と、最初に教師は言いました。

けれど、みんな、口々に自分の人生のつらかったことを語り始めました。一人が最低でも30分、平均は1時間話しました。

話を聞いているうちに、クラスの半分の生徒が、両親の離婚《りこん》を経験していることが分かりました。

「ある日、学校から家に帰ったら、ママと妹がいなかった。どうしたのとパパに聞いたら、パパは黙って部屋を出て行った」

ある生徒は、緊張した声でそう語り出しました。

その生徒にとって、自分を置いて去った母親は、『他者』です。子供なりに離婚の事情を感じるから（または、大人になり、離婚の事情がだんだんと分かってくるから）、母親の行動を、「受け入れたい」と思うけれど、でも、自分を捨てて去った母親は「受け入れられない」。本音を言えば、「受け入れたくない」けど、母親だからこそ「受け入れないといけない」と思っている関係です。

こんな宙《ちゅう》ぶらりんな状態のままで、それでも、子供達は、定期的に母親と会います。会って、怒鳴るわけでも罵《ののし》るわけでもなく、会話を続けるのです。

もし、この時、母親への気持ちを完全に清算《せいさん》して、なんにも感じなくなったとしたら、子供にとって母親は『他人』となります。

『他人』とは、「受け入れる必要も気持ちもない関係」のことです。

『他人』の関係になれば、苦しむこともなくなります。

もちろん、そういう親子関係もあるでしょう。なんらかの事情で、積極的に親子の縁を切った関係です。その場合、『他者』ではなく『他人』になるのです。


簡単に別れられる場合は、そのカップルは、『他人』の関係だったということになります。

結婚して、新婚旅行の帰り、成田空港であっさり離婚を決める二人は、『他人』同士です。

が、大好きで大嫌いで、別れようとして別れられなくてにっちもさっちもいかない関係は、『他者』の関係です。

ですから、親子や夫婦は、無条件で『他人』ではなくて『他者』、ということはありません。

恋人同士でも、『他人』の場合と『他者』の場合があります。

お互いがお互いを本当に必要だと感じ、けれど、どちらかが気の迷いで浮気をしてしまった、なんていう場合は、『他者』である場合が多いです。

浮気をしたんだからと、あっさりと別れられれば（もちろん、それなりにはつらいですが）それは、『他人』です。

けれど、お互いが本当にお互いが好きなんだという場合、『他者』の苦しみが始まるのです。

その時、「どんな事情でも、浮気をしたらそれでアウトなの」と言い放《はな》てたら、どんなに簡単なことか。

複雑な人生を、スパーンと割り切れるルールがあるということですから。

僕が初めて出会った『他者』

20代の前半、僕が肉親以外で出会った衝撃的《しょうげきてき》な『他者』は、大学の演劇サークルで出会った演劇の仲間でした。

とても心優しいその男は、しかし、酔っぱらうと自分の彼女を殴《なぐ》りました。

彼女も、僕の知り合いでした。

僕は、「女性を殴る男とはつきあわない」というルールを持っていました。人間として、最低の部類だと決めていました。

というか、拳骨《げんこつ》で女性の顔面を殴る、なんてことをする人間を、それまで知らなかったのです。

知らなかったから、「そんな奴は、人間じゃない」と言い放てられたのです。

けれど、哀しいことに、演劇の仲間は、殴る男でした。

飲み会の席では、男はまだ荒《あ》れませんでした。が、酔っぱらった会話から、男が自分の彼女をあまり好きじゃないことが分かりました。

淋しさゆえにつきあいを始め、恋にならないまま、ずっと関係を続けている、そして、そのことに悩んでいると感じられました。

彼女の方は、切《せつ》ないことに、彼にベタ惚《ぼ》れしていると分かりました。

飲み会が終わって、ぞろぞろとみんなが解散した後に、いつも悲劇が起こりました。

次の日、彼女は顔面に青痣《あおあざ》を作って大学に来ました。

酔っぱらった彼女は彼に甘え、酔っぱらった彼はそれに耐《た》えられず殴るという繰り返しでした。

僕は衝撃を受けました。

こんな男とは二度と会話したくないと思いました。

けれど、彼は演劇の仲間としては必要な存在でした。シラフの時は人格者だし、演技も的確《てきかく》だし、頼れる存在でした。

けれど、女性を殴るのです。それも、グーで。

僕は、彼を「受け入れたい」けど「受け入れられない」と思いました。同時に、「受け入れたくない」のに「受け入れないといけない」とも思いました。

その当時の僕の演劇には、彼の存在は必要不可欠だったのです。

僕は混乱し、彼という『他者』とどうつきあったらいいか分からないままでした。

僕が酔っぱらい、彼と彼女の両手を取って、「仲直り」と握手させたこともありました。僕は、何十回も「仲直り！　仲直り！　仲直り！」と叫びながら、彼と彼女の手を自分自身の両手で包み込んで、上下に揺《ゆ》すりました。仲直りの握手の動きを繰り返したのです。叫びながら、僕は、泣き出すのを必死で堪《こら》えていました。「軽く冗談のようにしなければ、二人は手を引っ込めてしまう」と、酔っぱらった僕は考えていたのです。

けれど、次の日には、やっぱり彼女は顔を腫《は》らして学校に来ました。

その顔を見た時、僕は大きな無力感と絶望に打ちのめされました。立っている地面が、ぐにゃりと歪《ゆが》み、下半身がずぶずぶと沈んでいくような気がしました。

けれど、僕はその足で稽古場《けいこば》に行って、彼と演劇の稽古を始めるのです。シラフの彼は、とても冷静な男なのです。


彼を『他人』にできなかったのは、僕が演劇を作る上で、絶対に必要なメンバーだったという、なんとも実利的で情けない理由が一番です。

が、同時に、同じぐらいの強さで、僕は、「知りたい」と思ったのです。

「どうして、彼は、殴るのだろう。どうして、酔っぱらった時だけ殴るのだろう。それは、家庭環境と関係があるのだろうか。両親の影響があるのだろうか。知りたい」と真剣に思いました。

そして、酔っぱらってない彼は、とてもいい奴だったという理由が続きます。酔っぱらってない時の彼は、とても温厚《おんこう》な存在でした。

そんな彼に対して、「女性を殴る奴は許さん」という原則的なルールを適用する気になれなかったのです。

と言って、だから、彼を許したかというと、もちろん、そんなことはありません。

僕は飲み会になるたびに、ドキドキしていました。彼はまた、殴るんじゃないだろうか。そして、彼女はそれを受け入れるんじゃないだろうか。彼を愛しているから逃げないんじゃないだろうか。そんな関係は、無残《むざん》で哀しすぎる――。

僕は、シラフの彼には、何回も「殴るな」という話をしました。彼も、まったくその通りだという反応を示しました。

が、酒を飲むと、それは起こりました。

彼女の腫《は》れた顔を見るたび、僕は途方《とほう》に暮《く》れていました。

『他者』とのつきあい方には、「これが正解だ」という分かりやすい解答はありません。ないからこそ、『他者』だとも言えます。

『他者』とは、敵と味方、天使と悪魔の間で強引に宙づりにされた存在なのです。

『他者』とつきあうことは、それだけで、大変な精神的な負担がかかります。けれど、ちゃんとつきあえば、あなたの孤独を癒《いや》し、不安を和《やわ》らげてくれる存在なのです。

『他人』は、あなたの孤独と不安に対して、基本的には無力です。

1週間で別れていく恋人は、あなたの孤独を深い所でうるおしてはくれないし、不安を一時的に忘れさせてくれることもありません。

けれど、『他者』は、あなたの不安と孤独を和らげるのです。
そして、もちろん、別な時には、あなたの不安と孤独を深くするのです。

レッスンのポイント

・『他人』はただ周りにいるだけの人、『他者』は喜びと同時に孤独や不安をくれる人
・あなたが愛しながら憎んでいる人が『他者』

14 他者とつきあって成熟する

あなたの思いひとつで変わる人たち

相手を『他者』と認めるということは、「どんな人にも事情がある。どんな行動にも理由がある」と思うということです。

たとえば、あなたが住んでいるマンションの隣にとんでもない人間が越してきたとします。夜中の三時に大声で歌を歌う隣人です。

あなたはさんざん抗議しますが、それは止まりません。話し合っている時は、相手は冷静で、「すみませんねえ」と言うのですが、また夜の三時になると、その奇妙な歌は始まるのです。

もし、マンションが賃貸《ちんたい》で、そして引っ越し費用の余裕《よゆう》があれば、あなたは間違いなく、出て行くことを考えるでしょう。

夜中の三時に歌を歌う隣人は、引っ越しを決めた時点で、『他人』になるのです。

が、引っ越し費用がまったくなかったり、マンションを買った場合は、事態はとてもやっかいになります。

買った時点より、マンションの値段が大幅に下がっている場合、売ってどこかに引っ越すなんてことはできません。

あなたは、そこに居続けないといけないのです。

あなたは、腹を括《くく》って、夜中の三時に歌を歌う隣人と本気で交渉しようと決めます。

この時、隣人は、『他者』としてあなたの前に現われる可能性があるのです。

もちろん、『他者』になりきれず、『他人』のままで押し通そうとする人もいるでしょう。

隣の家ともめた女性が、大音響の音楽を早朝から深夜まで流し続けたり、窓際でフトンを叩き続けた、という事件がありました。この場合は、「受け入れよう」・「受け入れたくない」という宙ぶらりんの葛藤《かっとう》に耐えられず、断固《だんこ》として、隣人を『他人』として追い出そうとしたわけです。

が、相手も家を買っているので、簡単には引っ越しできず、大音量は何年にもわたり、テレビが報道する事件になったのです。

相手を『他人』にする方が間違いなく楽です。具体的な手間はかかるかもしれませんが、精神的には、負担は少ないのです。『他人』は、最終的に排除《はいじょ》するか無視すればいいのです。

けれど、すべての人を『他人』にしていくことはできません。道ですれ違った人やコンビニの店員さんや駅でぶつかった人を『他人』にするのは簡単ですが、好きになった人、隣に住んでいる人、職場の人、家族を『他人』にするのは、大変なのです。

「どうして、Bさんはあんなことをしたんだろうね？」

と、問いかけられて、

「理由なんかないよ。頭がおかしいんだよ」と答えれば、Bさんは、あなたにとって、『他人』です。

「狂ってる」「先祖の因縁《いんねん》」「運命」「血」と、相手の内面となんの関係もない理由でばっさばっさと切っていければ、相手は『他人』です。

なんと分かりやすく、痛快《つうかい》なことか。

でも、たいていは、痛快で気持ちいいからではなく、余裕がないから、ばっさばっさと切っていくのだと思います。とても疲れているとか、家族に病人がいるとか、不安でたまらないとか、孤独にひりひりしているとか、仕事で大変なトラブルをかかえているとか、そんな理由です。

でも、もし、あなたがBさんを深く理解しなければならなくなったとしたら、あなたにとって、Bさんはいきなり『他者』になるのです。


いろんな場合があります。

一番分かりやすいのは、あなたがBさんを好きになってしまった場合です。好きになって、一緒に住むとか結婚とかを考えた場合です。あなたは懸命にBさんを理解したいと思います。その時から、あなたにとって、Bさんは『他者』です。

Bさんがあなたの会社の直接の上司、または部下になってしまった、という場合もあるでしょう。今までは、『他人』として無視していられたのに、直接の上司になって、いろいろ言われるようになって、相手をなんとか理解しないとやっていけないようになった場合です。

学校や地域で、いきなりBさんとコンビで仕事をしなければいけなくなった、なんて場合もあります。二人で発表会に向けた研究をしなければいけないとか、地域の行事の進行係になってしまったとかです。

精神的な理由や経済的な理由や誰かの命令やその他さまざまな理由から、あなたはBさんを理解したい・理解しないといけないと思ったとします。その時、『他人』だったBさんは、『他者』になるのです。

つまりは、『他人』と『他者』の違いは、あなたの思いひとつなのです。

いくらBさんがあなたを理解したいと迫《せま》っても、あなたにその気・必要がなければ、Bさんは、あなたにとっては『他人』なのです。

宙ぶらりんのまま、ふうふう言いながら

じつは、人間が成熟《せいじゅく》しているかどうかは、『他者』とどれぐらいつきあえるかだと

僕は思っています。

やっかいな存在＝『他者』とどうつきあえるかが、その人が成熟しているかどうかのバロメーターだと僕は思っているのです。

そしてそれは、別な言い方をすると、自分の不安とどううまくつきあえるか、ということなのです。

『他者』とうまくつきあえる人は、自分の不安ともうまくつきあえるのです。「前向きの不安」を生きられる人です。そして、孤独とも。

もちろん、何度も言いますが、つきあい方の正解はありません。

それは、『孤独と不安』をどうしたらいいのかということに、たったひとつの正解がないことと同じです。

宙ぶらりんな状態のまま、『他者』と、そして『孤独と不安』とふうふう言いながらつきあえる人が、成熟している人なのです。

『他者』とまったくつきあった経験のない人は、葛藤《かっとう》に耐えきれず次々と『他人』を作り続けていきます。そういう人は、同じように、「後ろ向きの不安」に振り回されるのです。

そして、『他者』とどれぐらいつきあえるかが成熟のバロメーターだということは、逆に言えば、『他者』とつきあうことで、人間は成熟するということです。

そして、成熟することで、自分自身の『孤独と不安』とうまくつきあえるようになるということなのです。

つまり、他者と出会い、他者とつきあうことが、『孤独と不安』に対する練習にもなるのです。

と言って、最初は、もちろんうまくいかないでしょう。けれど、ああでもない、こうでもないとのたうち回ることで、間違いなく人は成長し、『孤独と不安』に対する耐性《たいせい》ができるのです。

他者を作ることは、難しいことではありません。

「本物の孤独」を生きた後に、好きな人を作る、家族にはっきりと思っていることを話す、友達を大切にする。

とにかく、あなたにとって、大切な人と向かい合えばいいのです。

ただエネルギーは必要です。

コミュニケイションをあきらめないエネルギーです。あきらめなければ、だんだんくのです。

と『他者』とのつきあい方は上達していくのです。

それは、スポーツや習い事が上達することと同じです。経験が、あなたを成熟に導《みちび》くのです。それは間違いのない事実です。

世の中で一番重要な戦いは、自分の不安との戦いです。

ほとんどの場合、人は、相手にではなく、自分の不安に負けるのです。

「失敗したらどうしよう」とか「自分はもうだめだ」とか「うまくやらないと笑われてしまう」とか、あなたの心の中の戦いに、あなたはまず、巻き込まれます。そして、そこで敗北する人が多いのです。

それは、うんと簡単に言えば、自分の不安と向き合う経験が少ないからです。

ですが、繰り返し経験を積んでいけば、不安が少しずつ見えてきます。そして、少しずつ不安とのつきあい方を知るようになります。人によって、その程度は違いますが、それでも、経験が私達を楽にしてくれるのです。

『他者』とのつきあいの中で、何度もあなたは、不安と戦う経験をするでしょう。最初は「後ろ向きの不安」に振り回されるはずです。ですが、何度も負けていくうちに、コツをつかめるはずです。「前向きの不安」として、不安をエネルギーにする方法を経験として知っていくのです。

レッスンのポイント

- ・コミュニケイションをあきらめなければ、他者とのつきあい方は上達する
- ・「他者」とつきあうことで、「孤独と不安」ともつきあえるようになる

15　分かり合えなくて当り前だと思うこと

「どうして分かってくれないの？」という問いに

不安が生まれる原因のひとつに、「人間は分かり合えるのが当然なんだ」という思い込みがあります。

「どうして分かってくれないの!?」

と、僕は20代の前半、ある女性から叫ばれたことがあります。

叫ばれて、ゾッとしました。どうしてこんなにゾッとするのだろうと考えたら、この言葉には、「人間は分かり合えるのが当然なんだ」という前提があるんだということに気づきました。

人間は分かり合える状態が普通のことなのに、あなたはまったく分かってくれないと、この女性は苛立《いらだ》ち、不安に苦しんでる、と感じたのです。

けれど、もし、前提が、「人間は分かり合えない」というものなら、分かり合ってない状態は普通のことですから、不安に苛立《いらだ》ち、不安に振り回されることはなくなります。

そして、「分かり合えた」と思った時は、ものすごく嬉《うれ》しくなります。「人間は分かり合えないものなのに、分かり合えたということは奇跡《きせき》のような瞬間です。それは、とても嬉しい瞬間なのです。

逆に、「分かり合えてない」状態は、決して苛立つことではありません。「分かり合えてない」と不安に身悶《みもだ》えすることもありません。分かり合えないことが当然なのですから、「さあ、どうやったら分かり合えるんだろう」とあれこれ考えることはあっても、悩んだり、苛立つことはないのです。

この考え方を、屁理屈《へりくつ》だと思いますか？

僕は、この前提はとても大切だと思います。

人間は分かり合えない存在です。分かり合えないからこそ、分かり合おうとするのです。

国際結婚をした人達が、口々に、「結婚で大切なのは、気持ちよりも理解。愛情よりも情報」と答えます。

「どうしてこんなことをしたのか？」「この食事をどう思っているのか？」「トイレットペーパーは、誰が買い換《か》えるのか？」「セックスをどれぐらいの間隔《かんかく》でするのか？」「味付けは誰が決めるのか？」

生活するために山積する問題は、「愛しているから」とか「お互いの目を見れば分かり合えるから」という言葉で解決できるものではありません。

徹底的に話し、相談し、議論しなければ、答えにはたどり着けないのです。

そして、すべての結婚は、じつは国際結婚と同じなのです。交際もそうです。日本人同士でも、本当は国際カップルと同じ問題があるのです。

『他者』と『他人』以外に、『何も言わなくても分かってくれるもう一人の自分』という存在を考える人もいます。

『何も言わなくても分かってくれるもう一人の自分』……あなたが聡明《そうめい》な人なら、そんな人は存在しないんだと、すぐに分かるでしょう。

けれど、疲れていたり、激しく傷ついていたり、あんまり孤独だったり、幼《おさな》かったり、人生を恨《うら》んでいたら、つい、この世の中には、『何も言わなくても分かってくれるもう一人の自分』がいるんだと、思い込もうとしてしまいます。

出会ったインチキ教祖を、本物の神だと信じ込みたい場合と同じです。


経験が浅い劇作家《げきさっか》志望の人が書いたドラマには、たびたび、この『何も言わなくても分かってくれるもう一人の自分』が登場します。

主人公に対して、じつに素敵なアドバイスをくれたり、主人公の都合のいいように動いてくれたり、主人公が活躍するように犠牲《ぎせい》になってくれる人です。

劇作家志望の人は、主人公に感情移入しています。つまり、自分です。で、この自分を助ける『何も言わなくても分かってくれるもう一人の自分』が次々に登場するのです。

まるで、ボランティアの集団です。

残念ながら、現実の世界では、こんなことはないと、あなたも僕も知っています。

『何も言わなくても分かってくれるもう一人の自分』ばかりを探して

ですから、あなたの愛した人は、家族は、親友は、『何も言わなくても分かってくれるもう一人の自分』ではなく、『他者』です。

『他者』である限り、どんなに愛した人でも、プラスとマイナスの両方がある。そう決意することは、『孤独と不安』から逃げられないと、腹を括《くく》ることでもあるのです。『何も言わなくても分かってくれるもう一人の自分』がどこかにいて、あなたを全面的に受け入れてくれる、という考えを捨てることは、『孤独と不安』と共に生きていくと決心することなのです。

目の前の人を、つい、『なにも言わなくても分かってくれるもう一人の自分』と思ってしまうのは、私達日本人の外観が似ているからでしょう。

似たような姿形をしているから、つい、相手も同じことを考えているんじゃないかと思ってしまうのです。

これが、アメリカなんかだと、外見から違う場合が多いのです。

例えば、あなたがニューヨークに住んでいて、隣に引っ越してきた人が、やっぱり夜中の三時に歌を歌うとしたらどうでしょう。

あなたが隣人に会いにいけば、アフリカのどこか、あなたの知らない国から、先週、来た人だとします。上半身が裸で、見たこともない刺青《いれずみ》の模様が胸と背中に入っています。この場合は、分かりやすい『他人』です。

あなたは間違っても、「どうして分かってくれないのお!?」とは叫ばないでしょう。そのまま、会話が始まり、理解が進めば、分かりやすい『他者』になるかもしれません。

とにかく、一目見ただけで、「ああ、この人は、私と違う価値観で生きているはずだ」と感じられるのです。

アメリカは、『他人』『他者』の姿が分かりやすい国です。

黒人を排斥《はいせき》しようとするＫＫＫ（クー・クラックス・クラン）の姿を見たことはありますか？　ドラマと歴史の中だけの話かと思ったら、今でも、たまにリアルタイムのニュースで見ます。

白装束《しろしょうぞく》に三角覆面《ふくめん》ですから、一目で「違う人間なんだ」という気持ちになります。

ＫＫＫのメンバーにも、「どうして分かってくれないのお!?」と叫ぶことは勇気がいります。あまりに違う外見なので、分かってくれるかどうか、どんな人でも自信がなくなるのです。

日本人のカップルが、つい、「どうして分かってくれないのお!?」と叫ぶのは、相手が同じ人間だと思っているからです。

けれど、外見がはっきりと違っていれば、なかなか、そんな考え方はできません。

「違って当り前」だから「ちょっとでも、同じ部分を見つけられたら、とても嬉《うれ》しい」ということになるはずです。

では、日本に住む私達は、外見が似ていれば、考えていることも似ているんでしょうか？

少し冷静になれば、そんなことはないとすぐに分かります。

味噌汁《みそしる》の味付けからお風呂の温度、ごはんの固さまで、「同じ日本人だから」という言葉で乗り越えられないことは、たくさんあります。

僕は劇団を20年間主宰《しゅさい》して、現在は、いったん、封印《ふういん》しています。それでも、20年つきあった俳優の発言に驚くことがいまだにあります。「お前はそんなことを考えていたのか！」とか「そんなふうに考えるんだ」と、驚くことです。

兄弟以上の濃密《のうみつ》な時間を過ごしたと思っていますが、（劇団の旗揚《はたあ》げから最初の数年間は、お盆と正月以外の時期は、毎日10時間近く芝居の稽古《けいこ》をしていました。その後も、年2回の公演で、5カ月から6カ月近く、ずっと一緒にいました）それでも、分からないこと、驚かされることがありました。

完全に相手を理解したと考える人間の理解力なんてたかがしれていますし、人間は変わっていくものですから、相手は、依然《いぜん》として分からない部分が確実にあるのです。

相手とずっと芝居をやっていきたいと思っていますから、（つまり、受け入れようと思っていますから）相手は、依然として『他者』のままなのです。

人間は、どんなにつきあっても、相手が『何も言わないでも分かってくれるもう一人の自分』になることはないのです。

信頼と依存は違うということ

もちろん、相手を〝信頼〟するということはあります。『他者』として、完全には受け入れられない相手だけど、相手のすることを、とりあえず〝信頼〟することは、人間関係ではよくあることです。

「あの人が言うんだから信じよう」とか「あの人の提案だからやってみよう」とかの場合です。

僕も、もちろん、演劇の仲間を〝信頼〟しています。していますが、それは、『何も言わないでも分かってくれるもう一人の自分』だということではありません。やはり、『他者』なのです。

信頼と依存《いぞん》は違います。依存とは、相手の提案を無条件に信用するということです。それは、相手が『何も言わないでも分かってくれるもう一人の自分』だと決めつけることです。

信頼は、相手の発言を冷静に考えながら、仮説《かせつ》として、相手の提案をやってみることです。

家族のことを思えば、もっと納得しやすいかもしれません。

どんなに長く一緒に住んでいても、顔が似ていても、やっぱり、家族はあなたにとって、『他者』です。

「家族だから分かり合える」とか「親が子供のことを一番知っている」とかのなじみやすい言葉を信じてはいけません。それらは、全部、嘘《うそ》です。もしくは、願望《がんぼう》です。家族だからそうあってほしいという願望です。気持ちはよう く分かりますが、しかし、嘘です。

あなたがまだ子供の頃は、家族は『他者』として現われることは稀《まれ》です。甘やかされて育ったという場合は、親が『何も言わなくても分かってくれるもう一人の自分』になってくれたのです。

もしくは、厳しすぎる親の元では、あなたは自分自身を『親のロボット』にしてきたのです。

が、やがて、あなたは大人になり、あなたの判断と、親の判断が食い違い始める時がきます。その時、家族は『他者』になるのです。

特に、就職や恋愛・結婚、独り暮らしがテーマの時に、強力な『他者』として出現するでしょう。その時、ずっと同じ時間を生きてきて、どうしてこんなに考え方が違うんだと、お互いに途方《とほう》に暮れます。

けれど、人間とはそういうものなのです。

違って当り前。だから、話し合う、と思えば、虚《むな》しさも減り、前向きなエネルギーが出ると思うのです。


「男は女が分からない」「女は男を理解しない」なんてキャッチーな言葉も信用してはいけません。

男は女が分からないのではありません。男は、女も男も分からないのです。女は、男を理解しないのではなく、女も理解しないのです。

「男は女が分からない」と発言する男は、恋に落ちて、初めて、目の前の女性を理解しようと思ったのです。つまり、生まれて初めて、心底、理解したいと思ったのは、目の前の女性だったのです。

それまでは、たとえば同じクラブの同性の先輩を、そんなに深く理解しようとは思ったことがなかったのです。

先輩と一緒に喫茶店に入って、先輩がトマトを残した時、

「先輩、トマト、食べないんスか？」

と聞いて、先輩が、

「俺、トマト、だめなんだよ」

と答えても、心の中のメモに、

『先輩は、トマトがダメ。メモメモ』なんて書かなかったのです。

けれど、恋に落ちた時、目の前の女性が、

「私、トマトだめなんだ」

とつぶやけば、間違いなく、心のメモに深く書き込んだでしょう。

つまり、初めて理解しようとする相手が、男の場合は女であることが多いのです。

女性は男性の場合が多いのです。

（これはヘテロセクシャルの場合です。ホモセクシャルの場合は、もちろん、同性同士になりますから、『好きになった人の気持ちが分からない』とか『恋は分からない』という言い方になります。けれど、やっぱり、恋をきっかけにして、初めて一人の人間を深く理解しようとしたことは同じなのです）

そして、『他者』として理解できないから、「男は女が分からない」「女は男が分からない」とつぶやくのです。

けれど、それは、「人間は人間が分からない」の間違いなのです。

親子関係で最初にもめた子供は、「大人が分からない」と言うし、兄弟でもめた場合は、「兄弟は他人の始まり」なんてつぶやくのです。

ただ、平均的には、家族関係より、恋人関係の方で、最初に『他者』とぶつかる人が多いと思います。十代の後半、初めて好きになった人を理解したいと猛烈に苦しんで、相手が『他者』になるケースです。

もう一度言います。

「人間は分かり合えなくて当り前」と思うことが、かえって、不安を減らし、理解にたどり着く可能性を高める、と僕は思っているのです。

レッスンのポイント

- **人が分かり合うことは奇跡に近い。だからこそ試みる価値がある**
- **気持ちより理解、愛情より情報が大切**

16 つらくなったら、誰かに何かをあげる

緊張する体の部分を見つける

「ニセモノの孤独」に負けそうになった時は、体の重心を下げればいいと書きました。もうひとつ、「後ろ向きの不安」に押しつぶされそうになった時は、体のどこかに余計な力が入っている場合があります。

嫌《いや》な人に会う時、人前で緊張《きんちょう》する時、あなたの体は、いつも同じ場所に力を入れて、ストレスを乗り越えようとしています。

結果、その場所は、いつも悲鳴を上げることになります。肩凝りや腰痛に悩まされることになるのです。

なので、まず、自分のどこにいつも力が入っているのかを確認してください。つらくてたまらない時、あなたの体のどこに力が入っていますか?

気づいたら、ゆっくりと力を抜いてください。

その部分の力を抜こうと意識するだけで、人間の体は、ずいぶん力が抜けます。それで、体は楽になるのです。

『他者』とつきあう時、あなたは、苦労し、緊張し、体のどこかに力を入れてしまいます。

トイレに立った時、信号を待っている時、自分のいつも強張《こわば》る所を意識して、力を抜きましょう。それだけで、あなたの体はかなり楽になり、『他者』とつきあうエネルギーが出てくるのです。

不安にフォーカスを当てない

「後ろ向きの不安」に振り回されるのは、不安そのものを考えてしまうからです。不安そのものにフォーカスを当てて、不安を考えれば考えるほど、不安は成長します。考えないようにしよう、誰も落ちてくる飛行機を心配してないんだ、と思えればいいのですが、そうは思えなくなった時は、不安にフォーカスしない方法を自分なりに見つけるのです。

つらくてたまらなくなったり、不安でいてもたってもいられなくなったりしたら、誰かに何かをあげることを考えましょう。

なんでもいいのです。

物でもいいし、お話でもいいし、僕はそれを「おみやげ」と呼んでいます。笑顔でも、おみやげになります。

誰に何をあげようと考えるだけで、あなたは不安にフォーカスすることを自然にやめることができます。

そして、この方法の素敵なことは、「おみやげ」をあげる関係ですから、やがて、「おみやげ」の「お返し」がくる可能性があることです。

もちろん、お返しを期待しているわけではありません。

ただ、不安に苦しむ人は、みんな、「自分の世界」だけで苦しみがちです。

「自分の世界」にフォーカスを当てて、ずっと苦しむと、その世界は広がりません。結果、自分の不安だけを見つめ続けることになるのです。そして、不安は成長するのです。

僕の知り合いで、自分が不安に押しつぶされそうになると、必ず、人を部屋に招《まね》いて食事をごちそうする女性がいます。

食事を作ることで気がまぎれるし、相手は喜ぶし、そこから人間関係は広がるし、一石何鳥もの方法です。

この方法を取る前、彼女は、不安に押しつぶされそうになると、一人、部屋でワインを飲みながらうんうんと泣いていたのだそうです。

彼女はお酒が強い人ですから、酔えば酔うほど、不安を見つめ続け、苦しみは増えたと言います。

こんなことをしていてはいけない、と彼女は自分で決意して、人を招くようになったのです。

と言って、彼女が聡明《そうめい》だったのは、食事を作ったことです。

不安でたまらないから、友達に電話をする人がいます。深夜、何度も電話する人ですが、その場合は、相手になんの「おみやげ」も渡していません。片方だけが頼りきっている関係なのです。

それは、とても不自然な関係で、長続きする関係ではありません。

彼女が料理が好きで、料理がうまかったから、人は彼女の部屋を訪ねたのです。彼女は不安を忘れさせてもらう代わりに、おいしい料理という「おみやげ」をあげたのです。

ちなみに、一人でお酒を飲んで、うんうんと泣いていることが、「本当の孤独」ではないことはもう分かりますね。彼女は淋《さび》しくて不安で一人でした。この状態は、「ニセモノの孤独」に通じるのです。

料理なんかうまくないし、という場合は、小さな小物ひとつを誰かにあげるだけでもいいし、道路のゴミをひろうだけでもいいのです。

とにかく、自分にこだわることを減らすのです。

不安は、自分にこだわればこだわるほど、大きくなるのです。

『ひま人クラブ』の「おみやげ」

僕は、中学校の時から、何人かと『ひま人クラブ』というグループを作って、遊んでいました。一緒になにかをする、というよりは、数人の男達で、面白い小説や音楽や映画のことを話し合う集団でした。

そのまま、バラバラの高校に入り、バラバラの大学に入りましたが、1年に1回、正月だけは集まって、同じように、自分が読んだ小説や見た映画や演劇、聞いた音楽の話を続けました。

モットーは、「お互いがおみやげを持ち寄る関係」でした。

相手が喜ぶことが「おみやげ」です。相手が、知って喜ぶ情報が、「おみやげ」なのです。

自分が面白かったと思うだけではなく、相手も面白いと思うことを探そうとしました。社会人になっても、その関係は、10年以上続きました。

ある時、メンバーの一人がふと、「おみやげを持ってくるのも大変なんだよな」とつぶやいたことがありました。

「どういうこと?」

と、素朴に聞けば、彼は、

「だって、普通の小説を『これ知ってる?』って言ってもつまんないだろ。誰でも知ってる作品を紹介しても、『おみやげ』になんないし。情報誌に載《の》ってるようなコメントしてもつまんないし。だから俺は、正月が近づくと、一生懸命小説を読んで、『おっ、これは面白い。きっと、まだおまえたちはこの小説を知らなくて、なおかつ、気に入るだろう』って作品を探すのに、ほんとに苦労してんだぞ」

と答えました。

僕は、彼がそんな陰《かげ》の努力を続けているなんて夢にも思いませんでした。いつも、普通の顔をして、僕の知らない面白い小説の話をしているすごい奴だと思っていたのです。

今まで隠していたのに、30代の半ばになって、仕事が忙しくなって、おもわずグチってしまったのでしょう。

それでも、彼は、15年ぐらい、黙《だま》ってその作業をしていたのです。

もちろん、僕も、多かれ少なかれ、そういうことをしてきました。ですが、僕は、映画や演劇を見たり、小説を読むのは、仕事そのものです。そうやって、刺激的な作品に出会うことは、いつでもあります。

が、こういう業界ではないサラリーマンの彼が、僕も知らないような面白い小説を見つける努力は、かなりのものだったろうと思います。

正月の会合が、いつも刺激的だったのは、彼のそういう努力があったからです。

彼が素敵だったのは、「面白い小説知らないしなあ……」と悩むのではなく、「じゃあ、探そう」と考えたことです。

考えて、実行しただけです。

そして、「おみやげ」を渡したのです。

あなたも、つらくなったら誰かに何かをあげてください。

なんでもいいのです。

不安に悩む前に、何かをあげるのです。

レッスンのポイント

・自分にこだわりすぎると不安は増える

・誰かに「おみやげ」をあげると自分だけの世界から抜け出せる

17　人間関係の距離感を覚える

「人間関係が得意で好き」な人はいません

『他者』と『他人』の話を読んで、「『他者』とつきあうなんて難しそうだぞ」と悲しい気持ちになったりしてはいないでしょうか。

僕は演劇の演出家をやっているので、よく、「鴻上さんは、人間関係が得意《とくい》ですよね」と言われます。

そして、「人間関係が好きなんですよね」とも付け加えられます。

けれど、「人間関係が得意で好きな」人なんていないと、僕は思います。

だれもが、人間関係が苦手だと思っているはずです。もちろん、僕もです。

もし、自分は人間関係が得意だと思っている人がいたら、その人は、あまりにも、脳天気《のうてんき》な人です。

人間関係で難しいのは、お互いの距離です。たいてい、離れすぎていたり、近すぎたりします。

距離が遠い理由ははっきりしてます。傷つきたくないからです。

関係の薄い恋愛もそうです。1週間単位で別れを繰り返す人は、その典型です。傷つきたくないから、なるべく深い会話はしない。コミュニケイションが濃密《のうみつ》にならないように、なるべく薄く、距離を取って、淡白《たんぱく》な会話にしようとする。

それはしょうがないとも言えます。

人間はどうしたって人間を傷つけるのです。

ですから、人間関係に傷つくと、「もう、人間はいい」と、距離をうんと取ろうとするのは自然なことです。

小説で、〝山に一人で住んでいる人間嫌いの老人〟なんてのが出てきます。いろんな理由で、人間を嫌いになって、もう、人間社会に住まないと決めた人でしょう。

そういう人が実際にいれば、人間は、一人でも生きていける、人間関係の距離が遠くても大丈夫なんだと思いますが、たいてい、小説では、山にこもる人は、犬や他の動物と一緒です。

どんな小説でも、老人は、犬にさかんに話しかけます。

まるで、もう一人の相棒《あいぼう》のようにです。

そう、人間嫌いの老人にとって、じつは、犬はただの犬ではなく、擬人化《ぎじんか》した存在なのです。つまりは、老人にとって、犬ではなく、人間なのです。

老人は、もう一人の人間がいるからこそ、生きていけるのです。

人間に傷ついて、部屋に引きこもり、直接、人間と口をきかなくなっても、パソコンを通じて、人間と会話しています。人間と会話できるから、引きこもれるとも言えます。

10年以上前、家庭内暴力というものが問題となりましたが、この時期は、インターネットは発達していませんでした。子供達は、会話する相手が親しかいなくて、親だから荒れ狂うしかなかったのだと思います。

それが、ネットワーク上で人間を発見すると、もう、親を相手にする必要がなくなり、部屋のドアを固く閉めて、自分の部屋に引きこもれるようになったのです。人間は、人間と会話しないと生きていけないのです。

この場合、直接の人間関係は、とても遠い距離です。

けれど、こういう人が、ネット上の掲示板やメールでは、いきなり、距離が近い人間関係になりがちです。

とても饒舌《じょうぜつ》になったり、ジョークをさかんに入れたり、激しく罵《ののし》ったりの積極的な人間関係に変わるのです。それは、一般的なコミュニケイションからだと、近すぎるとか熱すぎるとか言われるものです。

ネット上では人間が変わると言われたりしますが、じつは、遠すぎた距離が近くなりすぎるだけで、適正な関係が取れないという視点から見れば、同じことだと分かります。

現実でも、今までバカ丁寧《ていねい》だった人間が、いきなり馴《な》れ馴れしい口調になったり、グループの中で存在が薄かった人間がなにかのきっかけでいきなり爆発して、他のメンバーを驚かすなんてことも、普通にあります。

飲み会の席で、最初は過剰《かじょう》に消極的で内気なのに、途中から、批判をばんばん口にして、それこそ具体的に近い距離でえんえんと文句を言い続ける人も、普通にいます。たいてい、そういう場合は、〝悪酔《わるよ》いした〟と言われるのですが、僕は、「ああ、適切な距離が取れなくて、苦労しているんだろうな。だからお酒の力を借りて、内気な自分から、強気な自分へいきなり距離を変えたんだな」と思うのです。

家庭内暴力より前の時代、どうやら、人はもっと人とぶつかっていたようです。時代としては、校内暴力とか学生運動とかの時代です。

上の世代の人達の話を聞くと、学校でも家庭でも、普通に「怒鳴《どな》られ、殴《なぐ》られ、小突《こづ》かれ」て育ったと言います。

そして、「最近の若い奴は、怒鳴るとすぐに会社を休む。そのまま、やめる奴もたくさんいる」と、大人の人が嘆《なげ》いているのをよく聞きます。

中学の教師になったばかりの人で、初日、生徒から「バーカ！」と叫ばれて、その日で教師をやめた人がいると、年配の教頭先生から聞きました。

「私達の時代なら、信じられないことです」と、教頭先生はおっしゃっていました。

でも、練習すれば必ずうまくなる人との距離の取り方

人間関係が遠すぎたり近すぎたりした場合は、その時その時、現場で修正《しゅうせい》していくしかないのです。

そして、その距離感を覚《おぼ》えるのです。

それは、まさにスポーツや習い事と同じです。

人間関係は、学習していくものです。

初めから、適切な距離が取れる人と下手な人がいるのではないのです。

練習して、うまくなるのです。

まず、具体的な距離に注目してください。

人間関係が遠い人は、具体的に、相手から遠い距離に立ちがちです。なかなか、近寄らないのです。

人間関係が近すぎて、熱すぎる人は、ぐっと短い距離になりがちです。

人間には、三つの距離があります。知らない人と話す距離、知り合いと話す距離、愛する人と話す距離です。

人それぞれに微妙に距離は違いますが、知り合いになっても、知らない人と話す距離をずっと守っている人や、初対面でいきなり、愛する人と話す距離まで入ってくる人がいます。

まず、この三つの距離感を、自分で確認してください。

「自分は、知らない人と話す時に一番快適・安心だと思う距離は、2メートルなんだな」とか、「自分は、知っている人との距離は、1.2メートルぐらいが普通だな」とか、「愛する人との距離は、60センチだな」とか、自分の距離を発見してください。

自分が快適・自然に感じる距離を意識していれば、やがて、分かります。

そして、他の人が話している時の距離を見てください。

あなたの人間関係の距離が分かってきます。

どうも自分は人間関係に消極的だと思う人は、相手と話す時に、具体的に相手に近づき、距離を少し縮めてください。

「うざい」と人から言われがちな人は、具体的に相手との距離を取って、少し離れてみてください。

目の前の人の気持ちがどうしても分からない時は、相手の呼吸に注目するという方法もあります。

話しながら、相手に気づかれないように、相手の呼吸と合わせてみるのです。相手が息を吸ったらあなたも吸って、吐《は》いたらあなたも吐くのです。

相手と同じ呼吸をすることで、どんな気持ちになるか実感して見てください。

絶対ではありませんが、相手の身体のコンディションが分かる時があります。

相手はニコニコしているようで、じつは、とても焦《あせ》っているということに気づくかもしれません。

心配しているふりをして、とても冷静だという感じかもしれません。

頭で相手を分かろうとするのではなく、呼吸で相手を知ってみてください。

それは、相手を深く理解していくレッスンです。

そして、『他者』にたどり着くための練習のひとつなのです。

レッスンのポイント

・自分の人間関係の距離感は、実際に話す相手との距離で計れる

・話す相手と呼吸を合わせて体で相手を理解する

18 自意識を静め、ノンキになる方法を見つける

自分について考えすぎる僕達

僕達は、とても、「ナイーブで傷つきやすくて内向的で繊細」になっています。
どの世代がというより、僕達全体の傾向だと思います。
もちろん、それには、さまざまな理由があります。

子供の数が減ったという現実的な理由がまずあります。
兄弟やクラスメイトが多ければ、いちいち、丁寧《ていねい》に傷ついている時間はありません。
適切な距離を探している時間もありません。そんなことをしていたら、置いていかれ

るのです。兄弟だとごはんのオカズを先に全部食べられてしまうし、クラスだとまったく無視されて目立たない奴で終わってしまいます。

１９４０年代後半生まれの団塊《だんかい》の世代のように、クラスメイトの数が多ければ、とにかく、悩んだり考えたりする前に、人間関係に飛び込むしかないのです。

それはまるで、水を前に、「泳げるんだろうか、どうしたらいいんだろうか？」と悩んでいる子供を、いきなり、プールに放り込むような方法です。

けれど、それ以降、一人っ子が増えていくことで、サバイバルの戦いがなくなり、人間関係のゴタゴタの免疫《めんえき》がなくなってきました。

同時に、一人っ子だったり兄弟が少ないことで、とても大切にされるようになりました。

結果、『孤独と不安』のレッスンを受けるチャンスがぐっと減ってしまったのです。

実際、一人の子供に、両親と母方の祖父母、父方の祖父母の計6人が群《むら》がり、交互に食事を与えている幼稚園の運動会の風景、なんてのが普通になってきました。

僕は、この6人の大人に見つめ続けられている一人の子供に同情するのです。

この子供は、「一人」である時間が極端に少ないまま成長していくのです。大人になった時、どれほど一人を嫌がるだろうか、一人にどれほど弱いだろうかと心配するのです。

でもそれは、この子供の責任ではありません。両親と祖父母に愛された結果なのです。両親と祖父母に、「愛してはいけない」と言うのも不可能でしょう。

成長した後、この子供は、自分で『孤独と不安』のレッスンをするしかないのです。私達は、とても大切にされて、孤独の免疫がないまま、戦いの試行錯誤《しこうさくご》もしないまま、成長していくのです。

人間関係の適切な距離が取れなくなるのも、当り前のことなのです。

マスコミが〝自意識《じいしき》〟を研《と》ぎ澄《す》まさせ、成長させた、という理由も大きいと思っています。

マスコミは、毎日、膨大《ぼうだい》な「自分について考える」ための情報を、僕達にくれます。おしゃれに関するさまざまな情報、恋愛、食べ物、仕事、金銭、事件……。

さらに、テレビドラマやマンガや映画や小説や演劇が、いろんな人生の可能性を教えてくれます。

それらをたくさん抱《かか》え込めば抱え込むほど、私達は、自分自身に対して、さまざまなことを考えるようになるのです。

こんな現実に生きていて、自分の発言や自分の未来や自分の人生に敏感《びんかん》にならない人間がいたらおかしいのです。

そして、自分のことを考えれば考えるほど、〝自意識〟は成長するのです。

じつは、『孤独と不安』と〝自意識〟は、とても密接な関係があります。〝自意識〟とは、「自分が自分について考える意識」のことです。〝自意識〟は、「自分について考える時間」が長ければ長いほど、大きくなっていきます。

そして、〝自意識〟が強ければ強いほど、自分の『孤独と不安』を考えます。そして、『孤独と不安』を成長させてしまうのです。

この状態を避《さ》けるためには、「メディアから逃げる」ことも大切です。

具体的にいえば、テレビを切る、パソコンのスイッチを入れない、ラジオをつけない、そんな時間を持つことです。

部屋に帰って、無条件にテレビをつけたり、パソコンのスイッチを入れたり、ラジオをつけて、情報を無条件に入れないこと。

テレビを切った後の静寂《せいじゃく》は、一瞬、淋《さび》しいものですが、自意識のひりひりとした症状を静めることができるのです。

自意識の鎖《くさり》をゆるめて、自分が「ノンキになる」方法を見つけることも大切です。

最近、僕が見つけたノンキになる方法は、「お気に入りのお寿司屋さんにいくこと」です。

最近見つけたお寿司屋さんは、まず、ビールのおつまみとしていろんなものを適当に出してくれるのですが、これが、とっても僕の好みに合っていて、なおかつ珍しいものがたまに出て、いつもワクワクするのです。

仕事のこととかトラブルとか不安とか、いろいろと抱えていても、この「次は何かな？」というワクワク感で、しばらく僕は、不安をおさえることができるのです。

そこのお寿司屋さんは、決して、バカ高くなく、家族づれもよく見ます。

リーズナブルな値段で、福袋《ふくぶくろ》のように、何が出てくるかワクワクすることで、僕はとても、ノンキになれるのです。

頭の速度でなく、体の速度で

自意識は、研ぎ澄ませば、どこまでも鋭く敏感になっていきます。「自分のことを考える」だけではなくて、「自分のことを考えて自意識過剰になっている自分を考える」というレベルにも進化（？）するのです。

つまり、「自分のことをずっと考えている」というのが、レベル1の自意識だとすると、「あ、今、僕、自意識過剰《かじょう》って思われてますよね。やだなあ。どうしたらいいの？　僕のこの自意識をどうしたらいいの？　僕、こんなに自意識が強いの嫌なんです」と、自分が自意識過剰であることを意識してしまうレベル2の自意識を持つこともあるのです。

つまり、「『自意識を持つ自分は恥ずかしい』という自意識」です。

さらに、さらにレベル3の「『自意識を持っている自分は恥ずかしい』という自意識を持っている自分は恥ずかしい」という自意識を持つ人だっています。

『自分のことばっかり意識している自分は恥ずかしいっすよね』と思う自分は恥ずかしいすっよね」と思っている自分は恥ずかしいんですよね、という自意識です。

うーむ、こんな人生を生きるのは大変だろうなあ。

でも、〝自意識〟を意識し続ければ、ここまで自意識は成長するのです。

こうならないためには、自分で自分のことを考え続ける自意識を、ノンキ攻撃で静める必要があるのです。

趣味を持つなんてのも、とても大切なことです。

それも、人間相手ではないものです。

ぼくは、俳優になったばかりの人に、いつも、

「これから、厳《きび》しい時間が始まる。俳優は失業が前提《ぜんてい》の職業だからね。お呼びがかかるまで、待つことが基本なんだ。だから、とても不安になる。なにもしない時間の不安に負けて、つぶれていく俳優もたくさんいる。だから、待っている時間を、なにかで紛《まぎ》らわさないとやっていけない。

でも、気を紛らわせる方法を人間だけに求めない方がいい。恋人と会っていると、心底ほっとするという気持ちは分かるけど、人間とは、モメる時がある。そんな時に

限って、しんどい仕事が来たりする。

結果、君は人間関係で体調を崩し、仕事が不十分になるかもしれない。

だから、人間とは関係のない、気を紛らわせる方法を別に持っていた方がいい」とアドバイスします。

それは、絵を描くことだったり、楽器を演奏することだったり、囲碁《いご》・将棋《しょうぎ》だったり、読書だったり、というようなことです。

その趣味に熱中できればできるほど、「自分について考える」時間を減らすことができます。結果、人間以外の何かに集中することで、自意識も不安も減っていくのです。

体を動かすことも、自意識を静めることに役立ちます。

仕事でうんと頭を使ったら、同じくらい体を使うのが理想です。

運動する時間がなければ、会社や学校帰りに一駅歩くとか、その日のうちに、頭と体のバランスを取るのが理想なのです。

それは、精神を安定させる方法でもあります。不安に簡単に振り回されない方法なのです。

運動すれば、体が活性化して、体と会話が始まります。

頭の速度で人生を考えようと僕達はしますが、体は頭の速度では切り替わりません。このことは、何度でも言います。忘れがちになるからです。

体の速度を無視して、頭で物事を進めようとすれば、不安は大きくなるのです。

スポーツや運動をすることは、あなたがあなたの体と対話を始めることです。

自分の体はいかに、頭と違って遅いか、変わりにくいか、それを自覚することは、あなたが、安心し、ノンキになる道なのです。


体と対話するということは、自分の体が自分の精神と密接につながっているということを感じることとです。

自意識に苦しめられ、絶望的な気持ちになって眠れぬ夜を過ごし、けれど、朝、窓に立ち、まぶしい朝日が昇る瞬間に出会えば、気持ちは不思議となぐさめられます。

行き詰まった夜に、ふと窓を開けて、涼《すず》しい風が頬《ほお》をなでれば、自然と微笑《ほほえ》みが出ます。雨上がりの、湿り気を帯びた穏やかな自然の中を歩けば、なんだか、もう少し、生きていこうと思えます。

問題は何も解決はしていません。

けれど、体が、自然と感応《かんのう》し、体の奥から生きていくエネルギーが滲《にじ》み出るのです。

激しい自意識という精神の迷宮に迷い込んだ時は、エネルギーに溢《あふ》れる体に、迷宮を歩く先頭に立ってもらうのです。

そして、しばらく体の歩みに、身を任せるのです。

そうやって、体の智恵《ちえ》を信じることも、大切なことなのです。

レッスンのポイント
・自意識の鎖をゆるめる「ノンキ攻撃」を身につける
・人間相手でない趣味を持ったり、体を動かして体と対話してみる

19 「今ある自分」と「ありたい自分」のいい関係を作る

□うるさい「ありたい自分」

自意識がどんどん強くなれば、自分の言葉や行動、成績や地位に対して、どんどん敏感《びんかん》になっていきます。

そして、敏感になればなるほど、「今ある自分」と「ありたい自分」が、離れていくのです。

「今ある自分」とは、現実の自分です。うまくいっていない、失敗している、人間関係にも不得手な、現在の自分です。

「ありたい自分」とは、理想の自分です。成功している、人間関係も得意な理想の自分です。

自意識が強くなると、「今ある自分」が何か言おうとすると、理想の「ありたい自分」がさまざまに口をはさむようになります。批評《ひひょう》するのです。

「僕は、作家の××が好きで」と人前で言おうとすると、「ありたい自分」が「そんな名前だしていいのか？　バカだと思われないか？　どうして、もっとカッコいい作家の名前を出さないんだよ。××なんかダメじゃないか。どうして、○○を読んでないんだよ」

と、いちいち、言うようになるのです。

そして、あまりに激しく「ありたい自分」に攻撃されると、「今ある自分」は何も言えなくなります。

結果、人間関係はうんと遠くなります。何も言えないし、「ありたい自分」が「今ある自分」を最低だと言うので、人間関係を作る勇気も持てないのです。

自意識のレベルが上がっていく状態です。

ネット上で匿名《とくめい》になれば、「今ある自分」を無視して、「ありたい自分」が発言できます。「今ある自分」を知られることはないので、「ありたい自分」が直接、登場できるのです。

「ありたい自分」は理想の自分ですから、自信に満ちています。いくらでも饒舌《じょうぜつ》になれるし、なんでも話せます。ためらいはありません。

それは、近すぎる人間関係とも言えます。この状態がえんえんと続けば、やがて、「今ある自分」を忘れて、「ありたい自分」だけがネット上で生きたいと願うようになるのです。

けれど、そんなことは、現実的には不可能だと思います。自分の現実の肉体を捨てたままでいられるとは思えないからです。

目の前の人間に聞いてみる

僕は演劇をやっているので、ワークショップと呼ばれる『表現のレッスン』をたまにやります。

そこに、ずっと不登校だった高校生が参加してくれました。

その姿は、初めから他の人と違っていました。怯《おび》えたようにいつも下を向いていたのです。

順番に声を出していくレッスンがあるのですが、彼は、大きな声が出せませんでした。声を出しながら、彼が何を考えているか、僕には分かる気がしました。

彼は、「これでいいですか？　こんな声でいいですか？　ダメですよね。もっと大きな声がいいんですよね。でも、うまく出せないんです。僕なんか、参加しちゃいけなかったんじゃないですか？」と、ずっと思っていると感じました。

自意識のレベル2、つまり自意識を恥じる自意識を持っているように感じたのです。

僕は、プロのワークショップ・リーダーなので、こういう場合、さまざまなゲームをして、やっかいなレベル2の自意識がふっと途切れる瞬間を作ろうとします。

いろんなゲームをしていると、白熱《はくねつ》した結果、自意識の呪縛《じゅばく》からふっと解放される瞬間があるのです。

簡単すぎず、難しすぎず、注目されすぎず、でも無視されすぎないゲームを選ばなければいけないので、それはそれで難しいのですが、うまくはまると、自意識は一瞬、切れます。

それは、「今ある自分」と「ありたい自分」のえんえんと続く会話を、やめさせるきっかけにすることができるのです。

もともと、自意識をずっと持ち続けていることは、苦しいことです。人間は、強すぎる自意識は、息苦しいと感じるのです。解放されませんから、重苦しいのです。ですから、手強《てごわ》い相手（自意識）の時もありますが、時間をかければ、まったく不可能な戦いではありません。

高校生は、ずっと、周りとではなく自分の中で対話を続けていました。「今ある自分」と「ありたい自分」との対話です。

「今ある自分」は、現実の自分です。うまくしゃべれなくて、自意識過剰で、ゲームに気軽に参加できない自分です。

「ありたい自分」は、理想の自分です。こうなりたいという自分、ちゃんとしゃべれて、簡単にゲームをクリアしてしまう自分です。

もちろん、誰でも、「今ある自分」と「ありたい自分」はズレているものです。違って当然です。

問題は、「ありたい自分」がどんどん強くなって、「今ある自分」がどんどん弱くなってしまった場合です。

それは、「今ある自分」の心の中に、『孤独と不安』の嵐が吹き荒れる状態です。

ワークショップに参加してくれた高校生は、まさにそういう状態で、「今ある自分」が何かするたびに、「ありたい自分」が文句を言い続けているようでした。

そもそも、「今ある自分」の状態が「自意識びんびんになっていること」を、「ありたい自分」が許せなかったようです。そして、許せないのに、「今ある自分」はどうすることもできないことを、さらに「ありたい自分」が許せないと怒っていたのです。

この会話は、えんえんと続いていました。

が、ゲームが白熱した瞬間、「今ある自分」は、目の前のゲームの展開に気を取られました。目の前の人間の動きに心が動いたのです。

高校生は、ふっと自然に微笑《ほほえ》みました。

この時、「今ある自分」は、「ありたい自分」の口うるさいチェックを無視できたのです。

それは、本人にとってはめったにないことですから、不安ですが、でも気持ちのいいことなのです。

それは、多くの人が、その状態をもう一度体験しようとすることで分かります。それは、「ありたい自分」ではなく、目の前の人間に関心を集中したということです。「ありたい自分」ではなく、目の前の人間に集中すること。

そこから、何が見えてくるのでしょうか。

目の前の人間を意識するということは、つまり、目の前の人間との距離を意識するということなのです。

「今ある自分」と「ありたい自分」が相談して、目の前の人間との距離を決めるのではなく、「今ある自分」が目の前の人間と会話して距離を決める、というルールを優先するということなのです。

この方法の方が、適切な人間関係の距離にたどり着く唯一の方法です。

だって、相手に聞くのですから。

相手の反応を窺《うかが》いながら、距離を決めていくのですから。

傷ついて死んだ人はいない

それは、直接、相手に聞くということでもあります。

「ありたい自分」が、「ほらほら、もっと陽気に言えよ。言えないんなら、何もするなよ」と、「今ある自分」に言って距離を決めるのではなく、「今ある自分」が、直接、相手と会話して、距離を決めるということです。

「あの、陽気に言えないんですけど、いいですか？」

とまで、ぶっちゃけて聞くことです。

「こんな所に来て、後悔《こうかい》してるんですけど、素人《しろうと》の僕がこんなワークショップに参加しちゃ、だめですよね」

なんてことを全部言わなくても、相手の反応で、言い方を修正し続ければいいのです。

「こんな所に来て、後悔してるんですけど……」という所まで話して、周りが同意のうなずきを見せているか、うんざりしているのか、その時その時で、見極《みきわ》めるのです。

もちろん、それはとても傷つくことです。常に外部にアンテナを張っていることですから、ものすごく傷つくことを言われたり、気づいてしまう可能性もあります。

ですが、僕はこう言います。

「大丈夫。現実に傷ついても、それだけでは死にはしないから。傷ついたことがショックで死んだ人はいないんだ。死ぬのは、傷ついた後、『ありたい自分』が『今ある自分』に文句を言い続けて、『今ある自分』がもう生きている意味はないって、自殺を選んだ場合なんだ。相手との距離を測《はか》っている最中に、相手が『俺、お前のこと嫌い』って言われても、その言葉を聞いた瞬間、びっくりして死ぬ人はいない。人間は、そんなにやわじゃないからね。それにね、一生、孤独と不安から逃れられないと積極的にあきらめることができれば、相手の少々のひどい言葉も、耐えられるようになる。もちろん、つらいけどね。つらいけど、『ありたい自分』の突っ込みの方が、目の前の人間の突っ込みより、何倍もきついんだよ。だって、『今ある自分』を自殺に追い込むんだから」

ちなみに、

「私は、いつも、友達と話していて、ずれてるって言われるんです。自分では、とても面白いことを思っていたはずなのに、いざ、言ってみると、トンチンカンだなって思われるんです。自分でも、たしかに、ちょっとずれてると思うんです。話題がどんどん進んでいって、いつも自分が話そうと思ったこととタイミングが合わないんです。どうしたらいいですか？」

と、よく聞かれます。

僕はこう答えます。

「あなたは、なにか面白いことを思いついたら、すぐに言わないで、まず、『ありたい自分』に話しかけるでしょう。『これ、面白いかな？』って。そして、『ありたい自分』が、『うん、面白い。言ってみたら』って言ってくれて初めて、言うでしょう。その時間が、ずれる時間なんです。あなたは、面白いことを思いついたら、すぐに言うべきなんです。『ありたい自分』に聞くんじゃなくて、話をしている現実の友達に聞くんです。それだけのことで、ずれはなくなります」

「今ある自分」がメイン、「ありたい自分」はサブ

俳優さんにも、同じ症状の人がいます。

セリフをひとつひとつ、自分の心の中で確認しながら言う人です。

そして、自分のことだけを考える結果、場の空気をまったく読めない人です。

それは、ワガママなのではなく、自分のことだけを考えることで、場を読むことができなくなっているだけのことなのです。

人間の能力には、限りがあるので、自分のことをずっと考えるか、場の空気を読むか、二つにひとつしかないのです。

自分のことだけを考えるのをやめれば、自然に場の空気は読めるようになるのです。

「今ある自分」と「ありたい自分」のズレは、不安の原因です。

けれど、「今ある自分」と「ありたい自分」がズレることは、人生において当然の

ことです。

「ありたい自分」が「今ある自分」よりもはるかに強くなるのは、現実がうまくいかないからです。

失敗ばかりしていると、「今ある自分」を自分自身は認められなくなります。そして、「今ある自分」が本当の自分ではなく、「ありたい自分」が本当の自分だと思うようになります。

振《ふ》られ続けた男の人が、自分の職業を弁護士と名乗って、女の人を次々にナンパしていく、なんてのは、典型《てんけい》です。バイトしている「今ある自分」を否定して、弁護士という「ありたい自分」がどんどん成長していくのです。

ですが、「ありたい自分」を持つことは、普通のことですし、プラスに働くことも多くあります。

スポーツを始めて、なかなかうまくならない「今ある自分」ががんばれるのは、上達した「ありたい自分」をイメージできるからです。不安を感じますが、それこそが、「前向きの不安」です。

「ありたい自分」が存在するからこそ、人間は向上しよう、理想に近づこうと思って努力し、変わっていくことができるのです。

ただし、「今ある自分」があくまでメインで、サブの「ありたい自分」を想像してがんばるという主従《しゅじゅう》関係が重要です。

「今ある自分」と「ありたい自分」の位置関係とも言えます。

「今ある自分」のほんの少し上に、「ありたい自分」を置いて努力することで、やがて、「今ある自分」が「ありたい自分」の位置にたどり着く。そうなったら、「ありたい自分」を「今ある自分」より、ほんの少し上にまた置く、ということを、繰り返すことができれば理想です。

あなたは「前向きの不安」を原動力に、充実した人生を生きることができるでしょう。今日からジョギングを始めたのに、来週には、いきなり、フルマラソンの大会に出場することを目標にしている、なんてのは、ほんの少し上ではありません。ずいぶん、上です。そんな位置に「ありたい自分」を置いてしまうと、「今ある自分」との距離が開きすぎて、苦しむことになるのです。

少しずつ少しずつ、「ありたい自分」を、「今ある自分」の上に置いていくのです。

ジョギングにたとえれば、分かりやすいでしょう。

初日は、10分だけ走れればよしとするのです。いきなり、1時間も走れません。10

分が15分に、15分が20分にと、少しずつ少しずつ、「ありたい自分」を上にしていくのです。

「ありたい自分」が「今ある自分」より下にいる人は

まれに、「ありたい自分」が「今ある自分」より下にいる人がいます。

「私なんかどうせダメだし、バカだし、ブスだし」と言っているのに、充分、魅力的で賢《かしこ》い人の場合です。

「自意識」が低すぎる場合です。

この場合も、現実の人間と対話しながら、「今ある自分」と「ありたい自分」の位置関係を修正していくしかないのです。

「ありたい自分」がどんどん大きくなって、「今ある自分」が否定されるようになったら、とてもやっかいなことになります。

「後ろ向きの不安」に振り回される状態です。

そういう時は、「ありたい自分」に、自分自身の体と出会うような機会を作ってあげてください。

「ありたい自分」は、頭で作りあげた自分ですから、万能《ばんのう》です。でも、「今ある自分」は体をともなっていますから、ゆっくりとした速度です。

あんまり、「ありたい自分」が大きくなってしまったと感じたら、とにかく、体を動かし、体を活性化《かっせいか》し、体の限界《げんかい》を「ありたい自分」に教えてください。

スポーツをするのもよし、登山やハイキング、マラソン、ジョギング、水泳もいいでしょう。自然の中に入るのも有効です。海に浮かぶだけでも、森の中で呼吸するだけでもいいでしょう。頭だけがヒートアップして、万能の自分を感じているのですから、まず、体に思考を渡しましょう。

たっぷり休み、たっぷり寝るというのも、体の復権《ふっけん》です。

眠れないなら、心療内科《しんりょうないか》で薬をもらいましょう。薬局でも、医師の処方がいらない、睡眠補助薬が売られるようになりました。

そして、体に思考を渡したら、次のレベル、「体の限界」を実感するのです。

自分の体は、どれほど疲れやすく、すぐに息が上がって、筋肉がパンパンになるのか、というリアルを確認しましょう。

空想に生きる「ありたい自分」には、限界はありません。ネット上の「ありたい自分」は完璧《かんぺき》ですし、空想はどこまでも広がります。

けれど、体には、限界があります。全力疾走《しっそう》すれば、普段運動してない人は、すぐに息が上がるし、足がつるかもしれません。「ありたい自分」はどこまでも走っていけますが、「今ある自分」は、たいして走れません。

当り前ですが、それが、人間の本来の姿です。

「ありたい自分」は、そういう自分の限界を知ることで、少しずつ、小さくなっていくのです。

体が自然に感応《かんのう》したら、次にすることは、自然の中で、体の限界を知ることなのです。

小さな勝ち味を大切にする、ということも有効です。

たとえば、2キロダイエットに成功したとします。

あなたは少し嬉《うれ》しいはずです。

その喜びをかみしめましょう。

それが、「小さな勝ち味」です。

小さな勝ち味を積み重ねることで、少しずつ「今ある自分」は自信を取り戻し、「ありたい自分」は小さくなるのです。


実際、ものすごく苦しい時、僕は、朝起きて、2キロ、体重が減っていて、思わず微笑《ほほえ》みました。その微笑みは、今日一日はなんとか仕事をやっていくエネルギーになりました。


つらくなると誰かに何かをあげる、というのも、じつは、勝ち味に繫《つな》がってきます。

何かをあげることで、あなたは感謝されます。それは、小さな勝ち味です。

生きていていいと思える勝ち味です。

「今ある自分」を肯定《こうてい》してもいいと思える勝ち味です。

それは、不安な自分を支えるものでもあるのです。

レッスンのポイント

・「ありたい自分」は「今ある自分」のほんの少し上がいい位置
・体の限界を実感して大きすぎる「ありたい自分」を小さくする
・小さな勝ち味を積み重ねる

20　あなたを支えるものを作る

おみやげを忘れても許して支えてくれる人が２人

「本物の孤独」を経験し、「前向きの不安」と共に生き、「他者」と出会う時、それでも、『孤独と不安』に負けないためには、あなたを支えるものが必要です。

『孤独と不安』のカラクリが頭で分かっていても、とても弱くなってしまった時、その苦しさに押しつぶされないために、あなたを支えるものを作りましょう。

中途半端に壊れた共同体は、あなたを支えてはくれません。

国家も会社も恋人も、本当の意味ではあなたを支えてはくれません。

国家は、あなた一人にかまってる時間はないですし、会社にとってあなたは社員の一人にすぎないし、恋人は恋が終わればそれまでだからです。

もちろん、恋人がずっとあなたを支えてくれれば、こんな素敵なことはありません。けれど、あなたは恋はいつか終わることを知っています。

でも、あなたには、人間の支えが必要です。

あなたがおみやげを忘れても、許して、支えてくれる人を2人、持つことが目標です。

おみやげをいつも忘れてはいけません。たまにです。あなたが本当に苦しい時、おみやげまで気が回らない時、何回かおみやげを忘れても、「いいよ」と許して、共にいてくれる人です。

2人というのは、1人だと、その人の負担が大きくなりすぎることと、その人がダメな時にあなたが混乱するからです。相手は人間なので、ダメな時もあるはずです。なのに、その人1人しかいなければ、あなたはその人を求め、その人との関係も壊れる可能性があります。

通常、2人のうち1人は、家族が選ばれることが多いようです。それも、夫婦よりは親子関係のようです。

ただし、親が一方的に子供を支えるとか、逆に母親の相談相手をずっと娘がしているとか、いびつな関係になることもあります。

夫婦や恋人の場合も、どちらかが一方的に頼《たよ》ってしまう関係もあります。

たった1人、依存《いぞん》の関係を作ることは、とても危険です。その人にじつは過剰な負担をかけている場合もあるし、その人が健康でなくなったり、死亡した場合、依存していた人がパニックになって立ち直れないことが多いからです。一方の依存が強すぎて、最後には依存されていた人が相手を憎む関係になることもあります。

一方が一方を支える関係ではありません。あなたはおみやげを与え、もらう関係の中から、2人、たまにおみやげを忘れても許してくれる人を作るのです。

そして、相手が忘れた時は、支えてあげるのです。

それは、依存ではなく、信頼《しんらい》です。

そういう人が2人いれば、あなたは、『孤独と不安』を生きる自信がつくのです。

もちろん、恋人や配偶者《はいぐうしゃ》とそういう関係が作れたら、素敵《すてき》なことです。

ずっと続かなくても、一時期、そういう関係を持つことは、素敵でしょう。

ただし、どんな最愛の関係になっても、恋人や配偶者以外にもう1人、支えてくれる人を作っていた方がいいと思います。

そのことが、結果的に、愛する人との関係を長続きさせることになるのです。

もちろん、恋愛感情と関係のない人が2人でも、かまいません。

あなたが支えてもらっていると実感できれば、それが大切なことなのです。


ただし、お互いがおみやげの関係ですから、2人とそんなに頻繁《ひんぱん》には会えないと思った方がいいです。僕の『ひま人クラブ』の会合は1年に1回、正月だけだから、よかったのです。それでも、僕を支える充分な根拠になりました。

同居しているのなら、そんなに頻繁に支えてもらおうとは思わない方がいいでしょう。気をつけないと、信頼が依存になりますから。

そういう人が2人いると思うと、勇気がわくのです。


私には、そんな人はいないと思うなら、まずつらい時、誰かに何かをあげましょう。

そして、おみやげを渡し、もらう人間関係を作りましょう。その中から、支え合う人は生まれるのです。

小さな勝ち味があれば、それで

もうひとつ、人間以外に、自分を支えるものを見つけましょう。

いつもいつもその2人に頼っていては、関係が壊れてしまいます。

小さな勝ち味を積み上げれば、自信となり、『孤独と不安』に向かうことができます。人によっては、それは、例えば、「美しいもの」とか「楽しいもの」「美味しいもの」かもしれません。

「美しいもの」に支えられる人もいるでしょう。

夕焼けがあまりにきれいで、生きていくエネルギーを感じることがあります。「美しいもの」に敏感な人は、死ぬまでの間、世の中にある美しいものを探して、出会うたびに、生きていくエネルギーをもらうのです。

そういう人は、街に出て、積極的に「美しいもの」を見つけましょう。

「楽しいもの」が『孤独と不安』を生きる勇気をくれる、という人もいるでしょう。

いつも行く喫茶店のママさんの笑顔を見ると、生きる勇気がわくという人もいるでしょう。


不安が激しくなれば、「美しいもの」や「楽しいもの」のレベルをあげないといけなくなります。


僕は、「何かを書くこと」が自分を支えるんだと発見しました。

そして、激しく落ち込んだ時は、どこからもまだ注文されてない小説を書き始めました。

その時は、夜も眠れないぐらい辛《つら》い出来事があって、激しい不安に悩まされたのですが、小説を書いている時は、心が安定しました。

そして、何十枚か書いた夜は、それなりに眠れたのです。


自分自身を支えてくれるものが、どうか見つかりますように。

レッスンのポイント

・依存するものではなく、あなたを支えてくれる人を2人探す

・人間以外の支えてくれるものを探す

21　一人暮らしのすすめ

『孤独と不安』は年をとっても減らないから

そろそろ、僕の原稿も最後に近づきました。

そもそも、『孤独と不安のレッスン』を書くきっかけになったことを書いておきます。

僕は、早稲田大学で6年間、演劇や表現について教えていました。その時、生徒達に、「この中で実家《じっか》に住んでいる人は手を上げて」といつも聞いていました。

毎年、かなりの人数が手を上げました。

僕は、いつも、「はやく実家を出て、一人暮らしをするように」と、命令ではなくアドバイスのように生徒達に言いました。

もちろん、週に1回、90分だけ授業をする大学の先生ですから、小学校から高校までの担任の先生のような強制力はありません。

それを分かった上で、僕も、先生というよりは、一個人として、「実家を出た方がいい」と言ってるだけです。無視するもよし、どういうことだろうと聞いてくれるもよし。

「どうして、実家を出なければいけないんですか？」と、不思議そうに聞いてくる人がいます。たいていは女子学生です。

僕は答えます。

「大学生にもなって、実家に住んでいるってことは、うかうかしてると、就職《しゅうしょく》してもそのままってことになるでしょう。とすると、家を出る時は、結婚の時が初めてってことになるよね。実際、そういう人は多いし。で、結婚だから夫（や妻）と一緒に暮らし始めるだろう。結果的に、人生の中で1回も、一人暮らしを経験しないまま、年を重ねることになるんだ。それはつまり、1回も『孤独と不安のレッスン』をしない人生を送るってことなんだ」

僕はなるべく話が深刻《しんこく》にならないように、でも、ちゃんと伝えようと話します。

「それは、いけないことなんですか？」

質問した女子学生は、困惑《こんわく》した顔で聞き返してきます。

「良いとか悪いってことじゃない。人生には絶対の正解がないからね。ただ、僕は、若い頃に『孤独と不安のレッスン』をした方がいいと思ってるんだ。若いうちに孤独と不安にある程度耐えられるようになれば、その先の人生もなんとかやっていける可能性が大きいからね」

「それと一人暮らしと関係あるんですか？」

実家に住んでいる別の学生が聞きます。

「実家に住んでいるとイメージしにくいかもしれないいんだけどね、一人暮らしってことは、一人の部屋に帰ってくるってことなんだ。なんだ、当り前って言っちゃいけないよ。誰もいない部屋に帰ってきて、自分で電気をつけるんだ。それは、孤独ってことなんだ。もちろん、不安も感じる。それは、一人暮らしをして、初めて体験できることなんだ。そして、その孤独と不安に耐えて、慣《な》れることが、人生には必要だと思うんだよ」

「どうしてですか？『孤独と不安』なんて、わざわざ体験しなくていいんじゃないですか？」

　また、別の学生が聞きます。

「人間は、『孤独と不安』から逃《のが》れることはできない、と僕は思っている。生きている限り、『孤独と不安』は終わらない」

「でも、そうだとしても、わざわざ一人暮らしして、『孤独と不安』を経験しなくていいじゃないですか」

　別の生徒がちょっとムッとしたまま、発言します。

　僕は、穏やかに言います。

「若い頃に『孤独と不安』に耐えて、慣れておいた方がいいと僕が言っている理由はね、大人になっても『孤独と不安』は増えることはあっても減ることはないからなんだ。たぶん、年を取れば取るほど、『孤独と不安』は増していくんだ。だから、エネルギーのある若いうちに、『孤独と不安』に耐えて、慣れる練習、やりすごす練習、負けない練習をしておくことが、人生の智恵だと思ってるんだ。簡単に言えば、『もっとたくさんの孤独と不安がやってくるから、今のうちに練習しよう』ってことなんだ。その方が、大人になった時に、楽だからね。うんと乱暴な譬《たと》え話だと、若いころに運動を一杯して、基礎《きそ》体力をつけておいた方が、年を取っても楽だって言うだろう。

あれと同じだね」

話を聞いていた学生達は、ここで「そんな……」という顔をします。たぶん、みんな、「年を取ったら少しは楽になって、自分が今、感じている『不安と孤独』は減るんじゃないか」と期待していたのでしょう。

でも、増えることはあっても、減ることはないのです。あなたがまだ独身なら、そして、結婚して、子供を作ることがあれば、ますます、『孤独と不安』は増します。子供がいなくても年を取れば、やっぱり、『孤独と不安』は増します。

が、僕は、にっこり笑ってこう言います。

「でもね、『孤独と不安』を見つめることは楽しいことでもあるんだ。『孤独と不安』を生きることでしか手に入らないものがあるからね。『孤独と不安』をちゃんと生きることは、なかなか面白いことなんだ」

学生達は、理解できないという顔をします。

授業で話すのは、たいていここまでです。この先は、時間がなくなって、本来の授業に戻らないといけないからです。

でも、本当はとても伝えたいと思っているのです。

1年間の授業の最後、学生達と飲み会をします。

年によっては、その時に、この話の続きができることもあります。そんな話にならず、「シリトリ」で朝まで盛り上がって終わることもあります。

そういう時は、僕は学生一人一人の顔を見つめながら、内心、「どうか君の人生で、『孤独と不安』をごまかすために、〝怪しげな宗教〟や〝体だけを求める男〟や〝金だけを求める女〟や〝断定する占い〟や〝勇ましい国家論〟や〝密着する家族〟や〝詐《さ》欺《ぎ》のような金儲け〟や〝社畜《しゃちく》が好きな会社〟にすがりつくことだけはないように」とつぶやくのです。

簡単になぐさめられてはいけない

もうひとつ、最近は、すがりつく対象として、インターネットが登場しました。

「インターネットの一番の問題点は何だか、鴻上さんは知っていますか？」と、僕の芝居に来たお客さんが見終わった後、アンケートに書いてくれたことがありました。

「熱中して学校に行かなくなるとか、仕事がおろそかになるとか、夫婦関係が崩壊するとかじゃないんです。そんなことは、二次的なことです。一番の問題点は、『簡単になぐさめられること』なんです」

この文章を読んで、僕はハッとしました。それは、僕が学生達に伝えたいと思っていたことと通じるからです。

簡単になぐさめられるということは、応急処置をしてもらっただけということです。根本的な手術をしないで、痛み止めの注射を打ってもらっているようなものです。だから、すぐに、次のなぐさめを欲しくなるのです。

痛み止めはすぐに切れるので、また、打って欲しくて、インターネットにはまるのです。

根本的な手術とは、『孤独と不安』に生きるんだと、決意することなのです。

未婚女性の8割近くが今、親と同居しているという統計があるそうです。

30代の後半でも、6割が実家暮らしです。

同居することで、経済的に豊かになり、資格や知識を得ることに使えるお金の余裕が出る、というメリットはもちろんあるでしょう。

けれど、僕は、マイナス面の方が、はるかに多いと思っているのです。

大学とは、「何をしたらいいか分からない」ということを学ぶ場所なのです。

先生の言うことをちゃんと聞いて、大学入試という人生の目標があって、やることがはっきりしていたのは、高校までです。

大学に入れば、とりあえずの目標を失います。

どんな人も、戸惑《とまど》います。

いい就職をする、という目標にすぐに変える人もいますが、大学入試ほど分かりやすい目標ではありません。

そんな時、何をしていいか分からなくて、大抵の大学生は一度、途方《とほう》に暮れます。

これが大切なのです。

途方に暮れて、何をしたらいいか分からなくて、呆然《ぼうぜん》として、それでも、毎日、生きていくことが大切なのです。

手軽にサークルでなぐさめられたり、家族と話して気を紛《まぎ》らわせたり、コンパを生きがいにしたり、Aを取ることを目標にしないで、ちゃんと途方に暮れることが、大切なのです。

途方に暮れて、迷って、そして、自分はいったい何がしたいんだろうと、根本的な所から考えることが大切なのです。

かつて、オウム真理教にはまった若者達が、のきなみ高学歴だったのは、「何をしたらいいか分からない」状態に耐えられなかったからだと思います。先生の言うことをよく聞いたいい子は、大学に入学して、目標を失い、失った状態に耐えられなかったのです。

だから、明確な目標を与えてくれる教祖に飛びついたのです。

どうして、「何をしたらいいか分からない」ということを学ぶ必要があるのか？とあなたは疑問に思うかもしれません。

それは、人生がそういうものだからです。

あなたは、人生のどこかで、必ず、「何をしたらいいか分からない」状態になります。

会社で働いている真っ最中か、結婚がうまくいかなくなった時か、子供ができて問題を起こした時か、退職した60歳の時か、人生のどこかで、間違いなく、「何をしたらいいか分からない」時が来ます。

そして、60歳でそういう時を迎えるのなら、20歳前後で経験しておいた方がいいだろうと、僕は思っているのです。

その方が、免疫がつくのです。

いくらでも試行錯誤できるのですから。

そして、「何をしたらいいか分からない」状態は、とても、孤独であり、不安です。けれど、若ければその宙ぶらりんな状態にも、耐えられやすいと思っているのです。だからこそ、『孤独と不安』も、若いうちに経験して、慣れておいた方がいいと思っているのです。

60歳になって、初めて、「何をしたらいいか分からない」状態の『孤独と不安』を経験するのは、大変で危険だと思うからです。

「若い方が『孤独と不安』に負けて暴走する可能性が高いんじゃないの。年を取った方が生活の智恵がついて、賢明だと思うな。若い人に『孤独と不安』を勧めるのは危険なんじゃないかな」と言う人がいるかもしれません。

それも正しい意見だと思います。オウム真理教の暴走は、まさに、信者が若かったからです。

だからこそ、僕は、体の声を聞くことをずっと言っているのです。

若さの暴走は、体を無視した結果なのです。「ありたい自分」の空想を信じた結果です。

けれど、自分の体と向き合うことができたら、自分の体の声を聞くことができたら、自分の体の限界を知ることができたら、若い方がはるかに『孤独と不安』の練習ができると思っているのです。

昇る朝日を目撃した時に体に溢《あふ》れるエネルギーは、若い方がはるかに多いのです。そのエネルギーは、生きる希望となるのです。

60歳で出会う孤独は、人生の智恵があっても、深く、しんどいと僕は思っています。だからこそ、練習が必要なのです。

ちゃんとした『孤独と不安』に出会うために、大学生は一人暮らしをする必要がある、と僕は思っています。

そして、大学生でなくても、人は人生の中で1回は必ず一人暮らしをした方がいいと、僕は思っているのです。

レッスンのポイント

・「何をしたらいいか分からない状態」は必ず来る
・『孤独と不安』の練習を若い時にすると生きる免疫ができる

22　一人暮らしと恋愛の関係を知る

「なんとなく淋しいからつきあおうかな」から始めて

一人暮らしと、恋愛の関係も書いておきます。

大きなお世話の文章なのですが、でも僕は恋愛の力を信じているので、恋愛の勧《すす》めとして、書くのです。

一人暮らしを始めれば、すぐに孤独で不安になります。

実家で「おかえり」という一言をもらうだけでも、どれだけ孤独がまぎれたか、初めて気づくのです。

実家で1週間、誰とも口をきかなくても、この家には、親がいると思うだけで、どれだけ不安が減っていたかを実感するのです。

で、一人暮らしを始めて、元気な人でも3日ほどで『孤独と不安』に耐えられなくなります。淋《さみ》しがり屋さんは1日、その夜です。

で、どうするかというと、携帯に手を伸ばします。

「この人にも、あの人にも。ま、そんなに話すこともないんだけど、とりあえず淋しいから、メールするか」

実家なら、親や兄弟と話していた時間に、メールを始めるのです。

そして、なにげないバカメールやバカ話をしていれば、それなりに、楽しく時間は過ぎていきます。

そうやって、なんとなく『孤独と不安』をごまかして生きることは、生活の智恵でもあります。

僕達は、そうやってしんどい人生をなんとかして生きていくのです。

ですが、やがて、そうやって気を紛《まぎ》らわせることに物足りなさを覚え始めるようになります。

なんとなくの友達だと、自分の『孤独と不安』が充分解消されないと感じるようになるのです。

そうなると、次の段階、「そんなに好きじゃないんだけど、ま、なんとなく淋しいからつきあおうかな」という精神状態になります。

実家暮らしのあなたは、そんなバカなと思うかもしれませんが、一人暮らしとはそういうものです。

友達ではなく恋人なら、遠慮《えんりょ》なく電話もできるし、メールの返事がすぐに来ないと文句を言うこともできるし、夜中でも10分おきでも、電話もメールもできる。

で、『孤独と不安』から始まった恋愛の場合、なんとなくの始まりですから、友達になかなか紹介しなかったりします。自分の恋人として、なんだか、自信が持てなかったりするのです。

けれど、淋しさから始まった恋愛が、素敵な恋愛になることだって普通にあるのです。本気の恋愛が、不安から始まる場合も、ベッドから始まる場合もあるのです。

だって、恋愛の多くは、『一目惚《ぼ》れ』とか『好み』とか『タイプ』とかではなく、『孤独と不安』から始まるのです。

相手が素敵だからではなく、自分が孤独で淋しいから、多くの人は恋愛をするのです。それは人間として普通のことなのです。

「でも、『孤独と不安』から恋を始めて本当にいいの？」

と、あなたはしつこく疑問に思ったかもしれません。

いいのです。

なぜなら、本当の目的は、最初の恋ではないからです。

もちろん、最初の恋でうまくいけばそれで問題ありません。そうならなくても、大丈夫、という意味です。

孤独と不安のあまり、「そんなに好きじゃない」と自覚《じかく》したままつきあって、「やっぱり好きになれなかった」と結論することも、もちろんあります。

その場合、『『孤独と不安』から恋なんかするんじゃなかった」と結論しがちですが、じつは、恋をした意味があるのです。

短い期間、恋のまねごとのようなものをするだけで、人間は変わります。

解放された雰囲気《ふんいき》になり、色気と呼べるものが確実に漂《ただよ》うのです。

フェロモンが出ていると表現してもいいでしょう。

逆に、『孤独と不安』がどーんと増して、憂《うれ》いをおびた表情になるかもしれません。

この状態でも、恋愛のフェロモンは出ます。

それは、人間が全身で人間を求めている状態なのです。

この時、じつは、もてるのです。

人間が魅力的になるのは、満足している恋をしている時ではなく、恋に破れたり苦しい恋に耐えたり恋を悔《く》やんでいる時なのです。たくさんの女優さんと仕事をしてきて、体験的に僕はそう思います。

だから、どんな動機であれ、恋をすればするほど、人間は人間を引きつける身体になるのです。

そして、次の素敵な恋と出会う可能性が増すのです。


僕は、いくつになっても、恋は喜びと孤独と不安をくれるものだと思っています。

恋することによって出会う『孤独と不安』は、喜びが大きければ大きいほど、同じように大きくなります。

そして、それは、僕自身を成熟させるきっかけになるものです。

いいえ、そもそも、恋の喜びを知ることで、『孤独と不安』に負けそうな自分を乗り越えていくことができるのです。

素敵な恋に出会うと思えることは、自分自身を支えるひとつになるのです。

余計なお世話の文章を書きました。
でも、僕は真剣に、人は人生のどこかで、1回は、一人暮らしをするべきだと思っているのです。

レッスンのポイント
・多くの人は孤独で淋しいから恋愛をする。それでいい
・人間が全身で人間を求める時、魅力的になる

23 声に出してみる

『孤独と不安』に終わりはありません。

頭でそう分かっていても、時には、あまりのつらさに押しつぶされそうになります。

眠れない夜に、フトンを抱《かか》えて、真っ暗な天井をみつめて、自分がどうにかなるかもしれないと怯《おび》えることもあります。

自分と他人を比べて、自分のあまりの情けなさに胸の奥がきりきりと悲鳴をあげることもあります。

けれど、生きていくしかないのです。

「本物の孤独」と「前向きの不安」を友として。

あなたには、折に触れて愛唱《あいしょう》する詩や言葉がありますか。

つらくてたまらない時、詩や言葉を口に出すことで、ずいぶん救われます。

読むだけではありません。

声に出すことで、言葉は体にすとんと落ち、その言葉はあなたの芯《しん》に届くのです。
そして、あなたの言葉になるのです。
最後に、いくつか、僕が助けられた詩や俳句を紹介しておきます。
僕は、これらの作品を声に出すことで、エネルギーと勇気をもらったのです。

まずは、金子みすゞです。

私と小鳥と鈴と

私が両手をひろげても、
お空はちっとも飛べないが、
飛べる小鳥は私のように、
地面《じべた》を速くは走れない。

私がからだをゆすっても、
きれいな音はでないけど、

あのなる鈴は私のように
たくさんな唄は知らないよ。
鈴と、小鳥と、それから私、
みんなちがって、みんないい。

本当に心に染《し》みる作品だと思います。
声に出すことで26歳で自殺した作者の祈りと悲鳴と希望を感じるのです。
そして、自分は生きていこうと思うのです。

次は、放浪《ほうろう》の俳人《はいじん》、山頭火《さんとうか》の作品です。

分け入っても分け入っても青い山

山頭火45歳の時の作品です。托鉢僧《たくはっそう》としてさまよう放浪の旅で読んだものです。
初夏の山をただ一人、歩き続ける作者の姿が浮かびます。あてのない旅を一人続ける時に浮かぶ句です。
他にもいくつか紹介します。

この旅、果てもない旅のつくつくぼうし
酔うてこほろぎと寝てゐたよ
ふとめざめたらなみだこぼれてゐた
青草に寝ころべば青空がある

人の一生は旅なんだと感じる俳句です。一行詩とよんでもいいものです。
次は、12世紀のスコラ神学者サン＝ヴィクトルのフーゴーの言葉です（阿部謹也著『「教養」とは何か』講談社現代新書）。

「祖国が甘美であると思う人はいまだ繊弱《せんじゃく》な人にすぎない。けれども、すべての地が祖国であると思う人はすでに力強い人である。がしかし、全世界が流謫《るたく》の地であると思う人は完全な人である」

繊弱《せんじゃく》は、弱いこと。流謫《るたく》とは、罪によって遠方に流されることです。不思議に思うかもしれませんが、僕はこの言葉で、生きていく勇気をもらうのです。

次は現代詩の最高峰、谷川俊太郎さんです。

しぬまえにおじいさんのいったこと

わたしは　かじりかけのりんごをのこして　しんでゆく
いいのこすことは　なにもない
よいことは　つづくだろうし
わるいことは　なくならぬだろうから
わたしには　くちずさむうたがあったから　さびかかった　かなづちもあったから
いうことなしだ

わたしの　いちばんすきなひとに

つたえておくれ
わたしは　むかしあなたをすきになって
いまも　すきだと
あのよで　つむことのできる
いちばんきれいな　はなを
あなたに　ささげると

声に出せば、何倍も素敵な詩になります。

海に向かってでも、遠くの山に向かってでも、青い空にでも、語るべき詩があることは、とても素敵なことです。それが、くちずさむうただと思います。

谷川俊太郎さんには、支えになってくれる詩がたくさんあります。

次は、1969年に学生達がたてこもった東大安田講堂に書かれていた有名な落書きです。

「連帯をもとめて孤立を恐れず

力及ばずして倒れることを辞《じ》さないが
力尽くさずして挫《くじ》けることを拒否する」

もうひとつ。

「君もまた覚えておけ
藁《わら》のようではなく
ふるえながら死ぬのだ
1月はこんなにも寒いが
唯一の無関心で通過を企《くわだ》てるものを
俺が許しておくものか」

どうしてたてこもったのか、東大安田講堂とはなんなのかを知りたい人は、島泰三著『安田講堂1968―1969』（中公新書）を。

最後に、自分が書いた「詩のようなもの」を出すのも恥ずかしいのですが、自分で自分の書いたものに支えられたので紹介します。
僕が22歳の時、劇団の旗揚《はたあ》げのために書いた戯曲『朝日のような夕日をつれて』の冒頭《ぼうとう》の「詩のようなもの」です。

朝日のような夕日をつれて
ぼくは立ち続ける
つなぎあうこともなく
流れあうこともなく
きらめく恒星《こうせい》のように
立ち続けることは苦しいから
立ち続けることは楽しいから
朝日のような夕日をつれて
ぼくはひとり
ひとりでは耐えられないから
ひとりでは何もできないから
ひとりであることを認め合うことは

たくさんの人と手をつなぐことだから
たくさんの人と手をつなぐことは
とても悲しいことだから
朝日のような夕日をつれて
冬空の流星のように
ぼくは　ひとり

僕を支えてくれているいくつかの言葉を紹介しました。

この中のいくつかが、あなたを支える言葉にもなれば、僕は嬉《うれ》しく思います。

どうか、あなたを支える言葉を、たくさん見つけてください。そして、声に出してください。


これでこの本はおしまいです。

あなたが、「本物の孤独」と「前向きの不安」を友として、どうか、生きていけますように。

「本物の孤独」が深く、「前向きの不安」が強ければ強いほど、素敵に生きていけますように。
そして、死なないように。

文庫版あとがき

この本を出してから5年ほどがたちました。ますます、生身の人間とのコミュニケイションが不得手な人が増えたように思います。理由は、スマートフォンや携帯用PCの増加で、インターネットがますます身近になったからじゃないかと僕は思っています。

一人で昼食に行っても、とりあえず、携帯用PCやスマートフォンをいじっていれば、孤独ではないと感じる人が増えたのではないでしょうか。ひょっとしたら、「一人はみじめ」と思い込んでしまう人より、「一人になりたい。他の人と一緒に昼食を取るのは煩《わずら》わしい」と思う人の方が増えているのかもしれません。

けれど、「一人でスマートフォンをいじりながらする食事」が、「ニセモノの孤独」であることは、この本に書いた通りです。

そこで、一人になることを選んでも、やがて、人間は生身の人間を求めるようになります。ネット上の相手だけでは物足りなくなることは、僕もあなたも知っていることです。

ネットが提供してくれる「ニセモノの孤独」に満足しなくなれば、「孤独と不安のレッスン」を始めるしかないのです。

あなたが本当に息苦しく、中途半端に壊れた世間を生きるのがつらいなら、思い切ってこの国を出る、という方法もあると僕は付け加えます。

日本は、驚くほど便利ですが、驚くほど息苦しい国です。便利さは、間違いなく世界一です。ニューヨークでもロンドンでも、深夜のコンビニの品揃えは、日本ほどではありません。宅急便が何度も、それも時間指定で再配達してくれる国もありません。地下鉄が毎日、同じ場所に数センチの誤差で、同じ時間に数秒の誤差で停車する都市も世界にはありません。

この便利さの裏には、息苦しさがあります。

僕は、ランドセルとリクルートスーツがなくならない限り、この国は変わらないだろうと思っています。

小学校の入学の時、親達は誰一人反対することなく、一斉にランドセルを買います。

そして、子供達は何の疑問もなく背負います。

誰が決めたわけではありません。けれど、それに従わなければいけないのです。拒否することは、文化的にも伝統的にも習慣的にも地域的にも許されないことでしょう。もし、一人の親が、ランドセルを買い与えず、ブランド物の、または千円以下のトートバッグを子供に持たせたら、その子供は間違いなくいじめられるはずです。学校側も対応に苦慮するかもしれません。

個性が大切だ、一人一人の可能性を伸ばすのが教育だと、いくら立派なことを言っても、一年生全員が無条件でランドセルを背負う国なのです。なんの個性か、なんの多様性かと、僕は心底震えます。

そんな大げさなとあなたは思うでしょうか?

ランドセルの大人版が、リクルートスーツだと思っています。どちらも、これから入っていく「世間」に対して、「私はそのルールに従います。自分の個性より、今までの慣習を大切にします」という宣言だと思うのです。

ランドセルの時は、疑問を持つ子供は滅多にいないでしょう。(少数は確実にいると思います。ランドセルではなく、違うバッグを持って行きたいと内心、激しく思っている子供は絶対にいるのです)

リクルートスーツになると、多くの学生が内心、反発しているはずです。格好悪いとかダサいとかです。(反発しない学生は、精神年齢的に問題だと思います)

けれど、誰もやめようとはしないのです。そして、悲劇的なことに、採用する企業側の大人も、「この格好にこだわることはないのになあ」と思っているはずです。人事・採用担当の大人達が、リクルートスーツの大ファンで「いやあ、リクルートスーツはじつにシンプルでおしゃれだねえ。気持ちいいねえ」と絶賛しているはずがないのです。

誰も内心、積極的に進めていないのに、毎年、就職シーズンにはリクルートスーツという単一ユニフォームを着た若者が街に溢《あふ》れるのです。何の個性でしょう。何の文化的多様性でしょう。

難しい言い方だと、これを「同調圧力」と言います。「同じことをしなさい」「一緒になりましょう」という文化的・地域的・政治的圧力です。あなたもすぐに分かるように、日本は、同調圧力がものすごく強い国なのです。

これに、「自尊意識の低さ」がワンセットでついてきます。

「自尊意識」とは、「私はかけがえのない存在」とか「私はとても大切な私」とかの、

「自分を自分で大切にする意識」のことです。その逆が「私ってどうせバカだし」とか「私なんて、どーでもいい人間だし」「私、自分の言うことやすること、なんの自信もないし」という「自分を自分でおとしめる意識」です。

日本人は「自尊意識」がとても低いと、世界的に言われているのです。

それは、この国のシステムと密接な関係がある、と僕は思っています。この国で育ち、この国で教育を受けることで、そうなってしまう可能性が高い、ということです。

だからこそ、この国の中でぐだぐだ悩むぐらいなら、思い切って、飛び出す方がいいと思っているのです。

あなたは「同調圧力」から解放されるし、「自尊意識」を低くしている場合じゃない生活に飛び込むことになります。

それは、もちろん、バラ色の生活ではありません。苦しいし、つらいし、言葉の違いに苦しむ大変な生活です。でも、たぶん、苦しみがいのある、充実した生活になるはずです。

親の顔色をうかがい、友達の噂話に怯《おび》え、自分のことが嫌いだった人が、開き直り、落ち着き、自分と向き合うようになると僕は思っています。

何人も、そうやって海外で別人のように生き生きと解放された人と僕は出会いました。問題は、海外で就職しない限り、何年かして日本に戻ってくる日が来ることです。その時、海外でものすごく自由に楽に生きてきた人が、また、日本にいた時のことを思い出して、「同調圧力」に苦しみ、「自尊意識」を低くしてしまうのです。

日本に戻ってきても、海外で生活していた時のような「人の目を気にしない」「世間と空気に過剰に怯えない」という生活ができれば本当に幸せなのですが。

けれど、もし昔の自分に戻っても、「海外で楽に生きた」という記憶が、その人を支えるだろうと思います。そして、日本でも、そう生きたいというエネルギーと意欲を生むだろうと思うのです。

この本を書いてから、「中途半端に壊れた世間」のことをもっと追求したくて、『「空気」と「世間」』（講談社新書）という本を書きました。「空気とは流動化した世間のことである」という根本的な認識をベースに、この国の「世間」と「空気」と「社会」について、そして、どうやって生き延びたらいいのかを書きました。中学生にはちょっと難しい本ですが（と言いながら、すでに、十校以上の私立中学校の入試問題として抜粋され、出題されています。びっくりです）もし、もっと深く、この国のシステムを知りたければ、どうぞ。

ありがたいことに、『孤独と不安のレッスン』は多くの読者に受け入れられ、さらに文庫本として出版していただけることになりました。この本が、あなたの孤独と不安の苦しみを少しでも和《やわ》らげられるのなら、僕はとても幸福です。

僕の言いたいことは、ずっと同じです。

死なないように。

死ぬぐらいなら、山奥にでもネットの奥深くにでも海外にでも、逃げて逃げて逃げ続けるように。

逃げ続けていれば、やがて、「孤独と不安のレッスン」を再開する体力はつくだろうと僕は信じているのです。

そして、再開して、また傷つき死にたくなったら、また逃げればいいのです。

大切なことはたったひとつ。どんなことがあっても死なないように。

鴻上尚史

本作品は二〇〇六年六月、小社より刊行されました

鴻上尚史（こうかみ・しょうじ）
1958年愛媛県生まれ。早稲田大学法学部卒業。在学中に劇団「第三舞台」を結成、以降、作・演出を手掛ける。1987年「朝日のような夕日をつれて」で紀伊國屋演劇賞、1992年「天使は瞳を閉じて」でゴールデン・アロー賞、1994年「スナフキンの手紙」で第39回岸田國士戯曲賞、2009年「グローブ・ジャングル」で読売文学賞戯曲賞を受賞する。現在は「KOKAMI@network」と「虚構の劇団」で活動中。また、舞台公演のかたわら、映画監督、ラジオパーソナリティ、小説家、エッセイスト、など幅広く活動中。NHK BSの「cool japan 発掘！かっこいいニッポン」では、2006年の番組開始から司会者を務める。主な著書に『鴻上尚史のほがらか人生相談』（朝日新聞出版）、『コミュニケイションのレッスン』『幸福のヒント』（以上だいわ文庫）など多数。

だいわ文庫

孤独《こどく》と不安《ふあん》のレッスン

著者　鴻上尚史《こうかみしょうじ》

©2011 Shoji Kokami Printed in Japan

二〇一一年二月一五日第一刷発行
二〇二二年六月二〇日第一四刷発行

発行者　佐藤 靖
発行所　大和《だいわ》書房
東京都文京区関口一―三三―四　〒一一二―〇〇一四
電話　〇三―三二〇三―四五一一

装幀者　鈴木成一デザイン室
カバー・本文写真　具嶋成保
本文印刷　信毎書籍印刷
カバー印刷　山一印刷
製本　ナショナル製本

ISBN978-4-479-30325-1
乱丁本・落丁本はお取り替えいたします。
http://www.daiwashobo.co.jp

だいわ文庫の好評既刊

鴻上尚史
コミュニケイションのレッスン
コミュニケイションが苦手でも大丈夫！ 野球やサッカーでやるように、コミュ力技術アップの練習方法をアドバイス。
680円
189-2 D

鴻上尚史
幸福のヒント
◎悩むことと考えることを区別する、◎「受け身のポジティブ」で生きる、◎10年先から戻ってきたと考える…幸福になる45のヒント。
680円
189-3 D

寄藤文平
死にカタログ
死んだらコオロギになる。そう信じる人々がいる。「死ぬってなに？」という素朴な疑問を絵で考え、等身大の死のカタチを描いた本。
650円
339-1 D

山口路子
特に深刻な事情があるわけではないけれど
私にはどうしても逃避が必要なのです
逃避の名言集
三島由紀夫、岡本太郎、サガン、ピカソらは、何からどう逃げたか。逃げる勇気が必要なとき、生きるのが苦しいとき、そっと開く1冊。
680円
327-6 D

三浦しをん
お友だちからお願いします
どこを切ってもミウラシヲンが迸る！ そんなこんなの毎日を、よかったら覗いてみてください。人気作家のエッセイ、待望の文庫化！
680円
378-1 D

三浦しをん
本屋さんで待ちあわせ
本は、ここではないどこかへ通じる道である――読書への愛がほとばしる三浦しをんの書評とそのほか。人気作家の情熱的ブックガイド！
680円
378-2 D

＊印は書き下ろし

表示価格はすべて本体価格（税別）です。本体価格は変更することがあります。